ボブ・ディランの詩学

大八木敦彦

白船社

はじめに――書くことと話すこと

あるお笑い系の芸能人が新聞にエッセイの連載を始め、その初回の冒頭に、話すのは得意だが文字に書いて伝えるのはできるかどうか不安でしょうがない、と書いているのを読んで、それと正反対の私は逆の意味で納得した。

話すことが不安だとか不得意だとかいうよりも、むしろ話し言葉に対する不信ゆえに、話すことをなるべく避けたいという気持ちが私の中には幼少の頃からあって、それは書き記す言葉に対する信頼と表裏一体のものだった。そのため、長じても書き記す言葉のみで生きていければどんなにいいだろうと思っていたが、それは容易にできる技ではなく、生きていくためには当然ながら話すこともせざるを得ないという問題に直面した。

まずは職業選択の際にその問題があったのだが、大学生の頃にはほぼ言葉を記すだけで過ごすことができたので（試験の答案がひととおり書ければそれで済んだので）、大学であればあまり話さなくともよいのではないかと感じ、大学でそのまま職を得ようと思った。ある大学に応募して、書類審査に通り面接を受けに行ったら、試験官の一人（無論、その大学の教授である）が私の提出した論文の内容やテーマを話してみてくれと質問してきたので、それは文章に書いてある通りなので読んでいただくしかなく、書かなくては伝えられないことを口で言って伝えることはできません、ましてやテーマをまとめるなどということは小説のあらすじだけを読んで済ませるに等しく、文学を志す者のすることではありません、と答えた。私にとってそれは心底からの正直で誠実な答え方だったのだが、不採用の通知が来て、あとでその際に推薦状を書いてくれた恩師が、論文はよかったのだが面接の時の答え方がまずかったようだと教えてくれた。採用されなかったのはたしかに残念だったが、それとは別に、その時勝ったという思いが（幾分は負け惜しみであったとしても）私の心の中にあったことを覚えている。無論、大学で職を得ても「書く」だけでは済まず、講義では「話す」必要があるわけだが、大学でも文学部であればメインは「書く」ほうであって、「話す」ことは最小限で済むだろうと、世の中の事情に極めて疎《うと》かった私は勝手に考えていた。

　私が大学院で就いた先生は作家だった。若い頃から井伏鱒二《いぶせますじ》に師事して、芥川賞や直木賞の候補にも幾度かなり、流行作家というタイプではなかったが文壇では名を知られた人だった。この先生も本来書くほうを仕事と意識していたので、何かの折にご自宅に伺った際、奥さんが、主人は大学に行く日は授業で話をしなくてはいけないのが嫌だ嫌だとこぼしているんですよと言って、隣でお茶をすすっていた先生を苦笑させた。大学の授業で毎回、先生の話を聞いている当の私に対してそのようなことを言ったのは、私がそれを理解できる相手だと承知してのことであり、私はそれに感謝しながら、本当にそうでしょうねと心底同情した。

　もっとも、あれから三十年以上経った今では、書かれた言葉のみを信奉する気持ちは私の中でも当時ほどの強さを持ってはいない。大江健三郎がノーベル賞をとった数年後だったと思うが、知人から大江さんの講演会のチケットをもらったので聞きに行ったら、大江さんは分厚い原稿用紙の束《たば》を演題に置いて、一枚ずつめくりながら話していくので驚いた。話すというよりも原稿を読んでいたのだが、私はそれを見ていて作家の良心を感じた。作家が人前で話すとすれば、それはやはり基本的に「書かれた」言葉であるべきだと思う。逆の言い方をすれば、書かれた言葉であればそれを話してもよいのであって（原稿を読んでも、あるいは暗記して語っても）そのような言葉の表現が可能であることに私は気付かされた。

私が書かれた言葉にこだわっていたのは、それが書物というほぼ永久に残る媒体に記録されるものであるのに対し、それを書く作家という人間のほうは生命に限りがあり、声を発する肉体は滅びゆく存在だからということも理由のひとつだった。しかしながら現在では記録手段も発達し、映像でも録音でも生きている時の姿かたちや音声を鮮明にとどめておくことができるようになった。もはや死んだら終わりではない時代――と言っては言い過ぎかもしれないが、死んで残るのが言葉だけではない時代――になったことはたしかである。

例えば三島由紀夫は対談や講演会を頻繁におこなうのみならず、歌も歌えば映画にも出て、写真集のモデルにもなり、いわば全人的な表現を――その（演）劇的な最期も含めて――試み、成功した最初の作家だろう。以後半世紀の間に、作家は書物の殻を破りマスメディアを活用しながら「肉体的な」存在として読者に認識されるようになったのであり、今日では歌手や俳優やお笑い芸人のように芸能人としてのキャリアを積んだ後に、小説を書いて作家としてデビューする例も珍しくはない。それらの作家たちを見ていると、文字表現を中核として、映像や音声や身体的表現をその周辺に配しているかというと、決してそうではなく、すべてを並列して位置付けているように感じられる。要するに言葉の表現者も、書物のみを媒体とする時代から、話すことも含めみずからの肉体をも駆使するマルチな表現の時代へと移り変わったのだ。このような中では、村上春樹のように世界的な人気作家でありながら、講演会やインタビューやマスコミへの出演などの露出度を極めて少ない状態に保っているのはむしろ希少な例で、その意味であらためて彼は古典的な作家と感じられもする。

私が話すことに億劫《おっくう》なもう一つの理由は、話す言葉の持つ不安定さと危険性である。書き記す言葉ほどに十分に準備も推敲《すいこう》もできず、いったん発してしまえば消すことができない……。あとで訂正するとしても、前の言葉は厳然として生き続けてしまう危険性が、瞬間的な思考や即興的な表現の苦手な私に話すことをためらわせる。紙のページの上に永続的に残らないようなものでありながら、たまたまふさわしくない言い方をした言葉が、それを耳にした人の記憶の中にいつまでも残ってしまうような危うさが、話し言葉にはある。

無論、伝える内容や状況によって、書き記すよりも話すほうがうまく伝わる場合もあり得るだろうが、少なくとも私にとって、話すことは書くことよりも困難だ。かつて小説の文章に関して、しゃべるように書けと主張した佐藤春夫に対し、むしろ書くようにしゃべりたいと記したのは芥川龍之介だが（『文芸的な、余りに文芸的な』）、この逆説以上に、話すことの困難さを、そして同時に書くことへの信仰を表している言葉を私は知らない。

目次

第二章　ボブ・ディランの詩学……159

第一章

旅してゆく人びと

奈良美智という体験

二〇一四年九月、秋田公立美術大学で奈良美智《ならよしとも》さんの講演会がおこなわれた。周知のように奈良さんは現代におけるトップアーティストの一人だが、私自身は奈良さんの作品にこれまで親しんできたわけではない。例の不機嫌顔の少女の画をどこかしらで目にして知ってはいても、展覧会に出かけたことや画集を開いたことは一度もなかった。それゆえ、晴れ渡った初秋の土曜、奈良さんの講演会へ出向いたのは、作品を知っている期待や興味からというよりも有名人に対する一種の好奇心からだった。

初めに記しておくが、このような私の単純な好奇心はみごとなしっぺ返しを受けたのである。私は奈良さんの講演会の後、何日もの間、熱い夢にうなされるような苦しみを味わい続けた。本物の感動というのはなんと重く苦しいものだろう。しかも、それは必ずしも奈良さんの作品に関連して引き起こされた感動ではなかったのだ。

当日、会場の体育館には学生や市民が二百名余、集まっていた。その多くは美術を学ぶ者あるいは愛好する者であり、おそらくは奈良さんの自作に関する話を期待していただろう。けれども実際は、この日奈良さんは美術に関する話をほとんどしなかった。そういう意味では、この世界的なアーティストから美術について何か学べるのではないかと集まった人たちの期待は相当に裏切られたはずだ。私自身は美術を専門としているわけではないので、期待を裏切られたという思いはさほど大きなものではなかったのだが、それでも意外の感が深かったことはたしかだ。

それでは奈良さんは何を語ったのかといえば、ほとんどが写真の話だった。というよりも、我々に写真を見せること自体が奈良さんの目的だった。無論それらの中には作品制作や展覧会の様子を写したものもあったのだが、九割がたは奈良さん自身が旅行の際に撮影した風景や人物の写真だった。

講演会でスクリーンに写真が映し出され始めた時、私は以前、ある古美術店のカタログに奈良さんの写真作品が出ていたのを思い出した。それは白い犬の顔を斜めからアップにしたもので（犬は少女と共に奈良さんのメインのキャラクターである）サイン入りでたしか十五万円ほどの値が付いていたと記憶する。それを目にした時、私はなぜ奈良さんの写真が出されているのだろうと訝《いぶか》りながら、その犬の写真が正直に言ってそれほどアーティスティックな作品とも思われないがゆえに、逆に印象が強く残っていた。

今回、奈良さんが見せてくれた写真も、そのほとんどが旅先のごく普通のスナップだった。奈良さんは写真家になろうとしているわけではないし、自分の撮影した写真をアートとして見てほしがっているわけでもない。著名なアーティストとはおよそ似つかわしくもない平凡なスナップ……そうした旅の記録写真を見せて、旅の話をしようとしただけだった。したがって講演会の間はずっと違和感を拭《ぬぐ》いきれなかったのだが、講演会が終わった直後から、その違和感が発酵し始め、帰宅した時には既に不可思議な感動に包み込まれていた。
その感動がどのようなものであるかを伝えるのがこの文章の目的なのだが、そのためには講演会の様子を記しながら説明していくのがよいだろう。

大学側からのひと通りのあいさつと紹介が終ると、奈良さんは客席背後の入り口（大学の体育館の入り口）から小走りに入ってきた。服装はフードつきのスタジアムジャンパー、中は白っぽいTシャツ（黒猫のフィリックスのイラスト入り？）、下はおそらくジーンズ、靴はスニーカーだったように思うがよくはわからなかった。というのも、会場が最初から最後まで非常に暗いままだったからである。照明といえば、ステージ向かって右側に設《しつら》えた奈良さんの席のパソコン操作の手元を照らすデスク・ライトのみであり、奈良さんの顔もはっきりとは見えなかった。

まず、このように会場内が終始暗いことが普通ではなかった。それは、スクリーンを使用するためであるには違いないのだが、それ以上に、おそらく奈良さん自身が自分の姿を明らかには見せず、闇の中に潜《ひそ》んだままにしておきたかったからである。
これは例えば、ピアニストのリヒテルが晩年にはステージの照明を極端に落とし、譜面台と鍵盤のみを小さなライトで照らして（その頃のリヒテルはリサイタルでも楽譜を用いた）演奏したのに似ている。演奏の際は音が聞こえればよいのであって、演奏者の姿を見る必要は必ずしもないというリヒテルの信念の表れでもあったろうし、また、実直一途な彼がステージライトのような華々しいものを好まなかったためでもあったろう。

しかし、リヒテルのような演奏家に対して、聴衆は音を聞くのみならず演奏する姿を見たいとも思うだろう。ましてや講演会となればどうだろうか。この日、会場へ集まった人たちは講演を聞くのは無論のこと、同時に奈良さんの姿をこの眼で見たいと誰もが思っていたはずだ。けれども奈良さんの姿、顔かたちは客席の最前列にいてさえも明確に見ることは困難だったと思う。あえてそのような状態において、奈良さんはみずからを伝えようと試みたのだ。

奈良さんが口を開いた時に私が初めに驚いたのは、その濃厚な津軽のイントネーションだった。語彙《ごい》として方言的なものがまったくないにもかかわらず、イントネーションが青森のそれを決して脱し得ていないことは当然のようでもあり、また不思議なことでもある。それは、語彙のほうが脳内で知的に操作できるものであっても、イントネーションは肉体の奥底に沁《し》みついたものとして生涯消し去ることはできない、否、消し去ってはいけないということを示しているようでもあった。

この日の講演会には「どのようにして『自分』は作られてきたのだろうか」というタイトルが付されていたが、奈良さんの津軽のイントネーションは既にそれだけで奈良さんの出自、来歴を雄弁に物語っていた。奈良さんの描く少女は都会的に洗練された少女ではない。そのぐれたような顔つきは（純朴さを隠しきれない）田舎の不良そのものだし、基本的におかっぱの髪型は戦後のレトロなスタイルを如実に示している。そしてまさしく、奈良さんは戦後十四年目に弘前《ひろさき》に生まれて、高校までの多感な時代をこのローカルな地方都市で過ごした。

藤巻健二（写真家、高校の新聞部で寺山修司と同期）や佐々木直亮《なおすけ》（奈良さんの生まれた昭和二十九年に弘前大医学部に赴任し、青森を撮影、記録した）、野坂千之助《せんのすけ》（報道写真の沢田教一の師）らのモノクロ写真をスクリーンに映しながら、奈良さんは当時の様子を語り続けた。それは一見ただ郷愁に浸っているだけのような印象を与えたかもしれないが、注意深い人には即座にわかったであろう。それら昭和三十年代の写真に写し出されている子どもたちの姿が、いかに奈良さんの少女たちの画の原像となっているかが。そうして、スクリーン上で古い写真のページをめくりながら、まるでみずからのアートとは無関係のことを語り続けているようでも、実際は奈良さんは、一人の人間にとって表現の源泉は生まれ育った土地の幼少期の生活にしか在り得ないという真実を私たちに伝えていたのだ。たしかに人は決してそれから逃れることはできない。語彙では標準語を操ることができても、肉体化した方言のイントネーションは遂に矯正《きょうせい》し得ないのと同じように。

奈良さんが高校時代までに親しんだのは、美術よりもむしろ音楽だった。それは一九七〇年代の洋楽であり、ビートルズによってロックが市民権を獲得した後のアメリカにおけるロックの黄金期に、ちょうど中学・高校時代が重なっていたのが奈良さんにとっては幸いだった。奈良さんは、当時聞き親しんだレコードのジャケットを壁面に張り巡らした作品も（インスタレーションの一部として）制作しており、それらの写真を映しながら非常に興味深いことを語っていた。

奈良さんは洋楽に耳を傾けながらも、英語の歌詞は理解できないので、ひたすらジャケットの絵、写真、デザインを見て、歌の内容に想像を膨らませていたという。けれども私の記憶では当時のレコードにも歌詞カードは付いており、そこに記された英語の歌詞が中学・高校レベルの英語で読み取れないものであったにせよ、併記されていた日本語訳によってある程度の理解はできた。少なくとも私自身はそのようにしてレコードを聴いていた。あるいは歌詞の内容などには無関心なまま、つまり何を歌っているかなどはおかまいなしに音楽のほうだけで十分に満足していたかもしれない。おそらく当時の若者の大多数が、そのような聴き方をしていたのではあるまいか。奈良さんが違っていたのは、音楽と同等に、あるいは音楽以上にジャケットのほうに興味を惹かれていたことであり、その点で奈良さんはやはり、生来、視覚の人なのである。

たしかにビートルズ以降、ロックはレコードジャケットのデザインにも意匠を凝らすようになり、その意味でジャケットはポップアートのギャラリーとしての役割も担うようになっていた。それらの中にはアンディ・ウォーホルやノーマン・ロックウェル、ロバート・メイプルソープ等、錚々《そうそう》たるアーティストの手がけた作品も含まれていたのだが、中高生であった奈良さんはそれとは知らず、本能的にレコードのジャケットを鑑賞していた。美術館のなかった弘前で、レコードジャケットが唯一の同時代的な美術作品であり、それを見ながら曲の内容を想像することが貴重なクリエイティブ・トレーニングだったと回想する奈良さんにとって、アートの原点はレコードジャケットだった。

講演会の前半、昭和三十年代の青森を記録した写真を紹介した奈良さんは、後半は最近のものを見せようと言って、講演の二、三週間前に訪れたサハリンの写真を映し始めた。それについてここで述べる必要はもはやないだろう。この文章の冒頭でも記したように、奈良さんは写真家になろうとしているわけではないし、みずからの写真をアーティスティックなものと見てほしがっているわけでもない。色彩のバランスにも構図のとり方にもほとんど無頓着なように見えるこれらの写真によって、奈良さんが伝えようとしているのはただ旅の感動というものであることを、我々は講演会の最後になってようやく知るに至ったのである。

約二時間続けられた講演会の最後の三十分は、聴衆からの質問に答える時間だった。その中で質問者の一人が「奈良さんは、『最近のものを見せましょう』とおっしゃっていたけれど、見せていただけないのですか」と尋ねた。すると奈良さんは、その質問が意外なようにし「サハリンの写真が最近のものだったんだけれど……」と答えた。質問した方は呆気《あっけ》にとられていた。質問者は最近の「アート」の作品を見せてもらえるものと思い込んでいたのであり、おそらくはほとんどの人もそう思っていたので、会場の中が苦笑に包まれた。けれども奈良さんが私たちに語りたかったのは、世界的に評価されているみずからの「作品」ではなく、自分の「旅」のほうだった。

この一点から私は、奈良美智という特異なアーティストの本質を見て取ることができたように思った。それはあたかも、厚く硬い皮に覆われていた果実の、ある一点にナイフを入れたところ、皮がはらりと剝《む》け落ちて、瞬間、中の実があらわにされたような感覚だった。

奈良さん自身の言葉を借りれば、奈良さんは画を描くために画家になったのではない。また、画を描くために旅をするのでもない。画家になったから自由に旅に出られるようになっただけである。では、なぜ画を描くのか。それは、この世で何が本当に大切なものなのかを知るためだ。なぜ旅に出るのか。答えは同じである。画を描くことも、旅に出ることも、旅先で写真を撮ることも、奈良さんにとっては皆、等価なのだ。否、生きていることのすべてが、奈良さんには、この唯一絶対の目的に適《かな》うものでなければならない。少なくともそうであることを奈良さんは望んでいる。これは驚くべき真摯《しんし》な精神であり、また純粋無垢な魂としか言いようのないものである――その魂の前では、世の芸術表現の一切が単なる虚飾と化しかねないほどの。言い方を換えるなら、奈良さんにとってアーティストであることはただの手段でしかないのであって、決して目的ではない。

おそらく芸術を志す者のほとんどが、若き日にはみずからの才能を信じ、同時に才能に幻影を抱くものだろうが、奈良さんは初めから自分に才能があるとは毫《ごう》も思っていなかった。劣等感という言葉が、在るべき才能がないのを悲しむことを意味するのであれば、奈良さんは劣等感すら抱いたことはなかっただろう。奈良さんは才能によって作品を作ろうとか、ましてや才能を人に見せようとかいう意識とは無縁のまま、自分の魂だけを相手にしてきたのであり、そこで生まれたのがたまたま絵画やアートであったに過ぎない。

自分だけを相手に何かを求めてやり続けるということの意味を、奈良さんは高校野球を例にして、講演の間、繰り返し説明しようとしていた。どこの高校の野球部も甲子園を目指して毎日練習している。部員が九人しかいないようなところでも、どう考えても絶対に甲子園には行けないようなところでも、それを本人たちが一番よく知っていてさえも、彼らは必死に練習することを止めようとはしない。人間の生きていることの意味とはそういうものだろう、と。奈良さんが共同作業を好まず、すべて一人で制作することにこだわるのは、決して完全主義のゆえではなく、また、孤独を愛するためでもなく、極めて単純に、そして真剣に、みずからの魂とのみ対話をし続けようとすることの必然の結果である。

さらにまた奈良さんは何かの話の合間に、不意にこんなことを語った。お父さんが亡くなって火葬にする際、その場へ行くために乗る飛行機の時刻を故意に遅らせて、火葬の始まる時間に間に合わないようにした、と。死に顔を見る最後の機会をわざと逃すような真似を自分はした。あとでは悔やみもしたが、自分にはそういう冷たいところがあるんだ……とつぶやくように言った。奈良さん自身、我知らず漏らしてしまったのだろうこの告白ほど、講演の中で奈良さんの純粋さを証《あか》ししたものはなかった。奈良さんは、社会で必要とされる葬儀や火葬という形式的なおこないのために、人間の魂の奥底にある真の愛や悲しみが汚されることを本能的に拒んだのだと私は感じた。それを「冷たいところがあるんだ、自分には」と卑下《ひげ》してはみせたが、世の多くの人が偽物の温かさの中で――これが言い過ぎであれば――本当の温かさから生れる行為を阻《はば》まれたままで――生きるしかないという哀しみを、奈良さんの純粋な魂は意識せざるを得ないのだ。

お父さんが亡くなって火葬にわざと遅れて行こうとした時に、奈良さんがおそらくもっとも困難に感じたのは、周囲の人々すなわち親族や知己、近隣の人たちの目だっただろう。これらの相手にどう思われるかを気にしながらも、奈良さんはみずからの魂の声に従うことを決意した。同じように、画を描いても奈良さんが相手にしているのは常に自分の魂だけなのだ。それについて奈良さんが例に出したのは、中古本・中古CD店の話だった。つまり、そこに並べられている本やCDのほとんどが、流行《はや》っている時には皆がこぞって買いに走ったものなのだが、流行が過ぎるとあっさりと売りに出されてしまったのであり、見ていてそれほど悲しいものはないのである。そんなふうに流行に毒されないために、自分は生きている間は売れないほうがよいとさえ思っている、と奈良さんは言っていた。

無論、流行するものがすべて一時的なものとは限らないが、ポップの要素がアートの主流となりつつある今日、アートがコマーシャリズムに乗ることで、流行の危険がかつてよりも大きなものになっているのは否定できない。そうでなくとも、売れなければアーティストとしては成り立たないのだが、「売れる」ことと「流行する」ことの差異は容易に付け難い。

周知のように奈良さんは既に流行作家だが、それは必ずしもなろうとしてなったわけではなく、本人の意志とは裏腹に流行してしまったのであり、その危険を嫌というほど意識しているのである。


講演は、そのほとんどが旅と写真に関する話だったが（冒頭の一九六〇年代の青森の回顧も、時間をさかのぼる旅、そして出自をたどる旅と言えようか）アートに関する話がまったくなかったわけではない。例えば、画の描き方について奈良さんはこんなふうに説明していた。自分は何かを描こうと思って線を引いていくことはなく、初めはただ遊ぶように色を置いていく。そうすると自然に形が現れてきて、できあがった後で初めて自分の描きたかったものが何だったかわかるのだ、と。

作品はアーティストが創っていくものではなく、作品のほうからできあがっていくものだということは、真正《しんせい》のアーティストであれば（美術に限らず音楽でも文学でも）わかりきっていることだろう。けれども、このような制作の過程も奈良さんの講演の中で語られると、一種の「旅」と意識されているように感じられた。旅とは、既に知っている場所にたどり着くことではない。旅とは、未知の風景の体験と未知の土地への到着を意味するのであり、たとえそれが既知の場所であっても、訪れる毎《ごと》に未知の体験が繰り返されるならば、それは「旅」なのである。そうして未知の世界を体験することによって、自分の未知の部分が目覚めさせられるのだとすれば、旅の中で人は未知の自分に出会い続けるはずだ。奈良さんにとって旅を愛することと自分の魂を見つめることとの接点はそこにあり、その接点の上に絶妙のバランスを保ちながら花開いているのが奈良さんのアートなのだ。「日々旅にして旅を栖《すみか》とす」（『奥の細道』）を引き合いに出すまでもなく、旅の精神が多くの芸術の基盤となっていることは古来明らかなのだが、奈良さんはそれを極めて自然に、ほとんど無意識的にみずからの人生と融合させているように見える。

　奈良さんが旅の話をもっとも重要なこととして私たちに伝えようとしたのは、以上のような理由による。つまりアートに関して、問題とすべきは常にその精神（スピリット）のほうなのであって、例えば画の描き方とか、技法、テクニックなどは、それに比べればまったく取るに足らないものだ。奈良さんが画そのものについての話をあまりしようとしなかった――おそらくは話をしても仕様がないと考えた――のも無理からぬことだろう。

講演会の最後は旅先の言葉（つまり外国語）についての話だった。人は言葉が通じない時にこそ本当のコミュニケーションができる――言葉があると、それは往々《おうおう》にして嘘となり、言葉で人間が隠されてしまう――と奈良さんは言った。

この言葉への不信感は奈良さんが色や形を扱うアーティストであるがゆえと思われるかもしれないが、実際は逆に、奈良さんの言葉に対する極めて鋭敏な感覚ゆえである。世間の言葉というものがいかに空虚で嘘偽《いつわ》りであるかは、誰よりも文学者がよく知っている。また、言葉によるコミュニケーションがいかに絶望的であるかも文学者は身に沁みて感じている。そうでなければ、文学を専門とする者がわざわざ骨身を削り、生命を賭《と》してまで言葉の世界を構築しようと思うわけがない。

それはともかくとして、奈良さんの講演は実際「言葉」によっておこなわれ、その「言葉」はみごとに奈良さんを伝えていたし、奈良美智というアーティストの魂を体験させた。講演の間じゅう深い暗がりの中に身を沈めながらも、実際にはこれほどに自身の魂の奥底までをさらけ出してしまったアーティストを私は他に知らない。

奈良さんはサハリンの旅について思いついた話をしながらノート・パソコンをしまい込み、荷物をまとめて、時間が来ると、最後は手元を照らしていたデスク・ライトを暗い客席に向けて光を照射し、拍手の中を足早に立ち去った。ライトを客席に向けることを、奈良さんはどのように意識しておこなったのか知らないが、私には一種の象徴的なパフォーマンスとも思われた。つまり、それまでみずからの居た場所を完全な闇の中に消し去ると同時に、今度はあなた方が、自身の魂に光を当ててみなさいというメッセージのようにも思われたのである。

真空の祈り

まったく類型のない、誰からの影響も受けた痕跡《こんせき》のない芸術作品などあり得るだろうか。模倣が独創の母という言葉の真実性を疑う者はいないだろうし、いかに孤高の天才といえども、その出発点においては何がしか先人の模倣の跡を留めていることはたしかである。

しかしながらここに、他のいかなる作品との類似も認められず、一切から隔絶した存在としか言いようのない絵画の作品がある。画家の名は平野充《みつる》。といっても、本人は画家と呼ばれることを是《ぜ》としないかもしれない。そうして、平野さんみずからが作品を絵画とは認めていないかもしれない。否、私自身、平野さんの創り上げるものをそもそも「作品」と呼ぶことには躊躇《ちゅうちょ》を覚える。それは一種の生成物、または自然現象、あるいは自然作用により析出《せきしゅつ》したもの——という印象を私に与えるからだ。したがって、それが普通に言うところの「絵画」として展示されている場合、見る人々が困惑するのもまた当然だろう。

平野さんの作品を前にして、大多数の人が発する言葉は「これは何を描いたものですか?」である。いわゆる抽象絵画を見慣れた人々にとっても、通常のそれらが色彩なり形象なりになんらかの美術的意匠を感じさせる、あるいは画家の制作意識や意図を感じさせるのに対して、平野さんの作品にはそのような意図自体がほとんど感じられない。つまり、平野さんの作品は「絵画」あるいは「美術」としてすら意識されない場所で生成した「何か」であり、そこに在る一種の真空状態が見る者の魂を吸引する。それゆえ私は「これは何を描いたものですか?」という問いかけに対して、「宇宙の風景だと思います」と答えることにしているのだが、この「宇宙の風景」が、物理的な「宇宙」と精神世界の「宇宙」とを重ねた「風景」であることまでは、うまく説明することができない。よって納得の得られない鑑賞者たちは、怪訝《けげん》な顔のまま作品の前を立ち去るのが常である。

無論、平野さん自身も「宇宙の風景」などと言ってほしくはないだろうと、私は承知している。しかしながら、形象としては多くの場合、球形が確認できる平野さんの作品では、それが宇宙塵《じん》や星間《せいかん》ガスの中に浮かぶ小惑星のように見え、周囲の漆黒《しっこく》の闇は、そのまま人間の精神世界の闇と重なって、画面上に交差する線は、宇宙空間に放射されている宇宙線であると同時に、精神内部を飛び交う感情や思考の跡のように私には感じられてならない。少なくとも言葉に表そうとすれば、そのようなイメージを用いるより他に私には方法がない。

平野さんがおよそ類型というものから完全に自由であることの理由の一つは——そうして、それが理由の最大のものであり、ひょっとしたら唯一の理由かもしれないのだが——平野さんが専門的に美術を学んだことがなく、おそらくは(通常の意味での)美術を志したことさえないという事実である。したがって、平野さんの技法はまったく独学、独力であみ出されたものだ。描くに際して絵筆が一切用いられていないということからしても、その独創性は際立っている。

私が平野さんに初めてお会いしたのは、詩人で文学研究者であり書家としても活躍した原《はら》子朗《しろう》さんの書画展の会場であった。「墨戯展」と題して年に一回、十一月の初めに銀座の長谷川画廊で開催されていた原さんの書画展は、平野さんの力添えに依《よ》るところが大きく、とりわけ作品の値段の設定や販売については平野さんがすべて引き受けていた。一九九〇年代まではまだ原さんも大学に勤めていたので、墨戯展の会場に平日の日中常駐していたのは平野さんのほうだった。私は会期中、長谷川画廊に行って原さんにお会いできないことは何度かあったが、平野さんにお会いしないことはなかった。

初めてお会いした平野さんはしなやかな白髪を垂らし、黒いタートルネックのセーターの胸元にはシルバーのブローチを留めて、眼鏡の奥には神経質そうな、だが人懐《ひとなつ》っこい優しさも感じさせる眼差しがあって、どこかアンディ・ウォーホールに似た雰囲気を漂わせていた。私が展示してある原さんの書画をひととおり見終えて、画廊を出ようと平野さんにあいさつすると、平野さんは「ちょっと待って」と茶封筒からハガキ大の光沢のある紙に不思議な模様を描いたものを取り出して私に見せた。平野さん自身の作品だった。記念に一枚差し上げましょうとおっしゃるので、一枚選んで頂戴した。

私は帰りの電車の中で、小さな紙に描かれた深い闇の形象と無重力の色彩を飽かず眺めて、異世界に連れ去られるような感覚に囚《とら》われたことを今でも覚えている。平野さんが原さんとも私とも同じ早稲田の出身で、画と同様に極めて独創的な詩も書き、銀座の養清堂《ようせいどう》画廊では毎年初夏に展覧会をしていることなどを知ったのは、その後しばらく経ってからである。

しかしながら私は平野さんに、ご自身の経歴や作品制作の過程をお聞きしたことはほとんどなかった。出身が茨城《いばらき》の水戸で、お仕事としては学校で国語（？）を教えていた、と人づてに耳にしたことがあるが、私がお会いした時には既にその仕事も年齢的に辞めていた。私が平野さんに個人的な経歴を尋ねなかったのは遠慮からではなく、平野さんの作品を前にすると、郷里がどこであろうと生計を立てるための仕事が何であったろうとまったく関係はない……そのような卑近《ひきん》な現実の日常とは一切無縁の純粋精神の世界へ、魂が否応《いやおう》なく放り込まれてしまうからだった。


経歴については知る必要を感じなかったが、画の技法に関しては幾度か尋ねたことがある。ただそれは、展覧会場でできあがった作品を前にして言葉で説明してもらうだけで、不分明なままだった。それゆえ今回はこの文を草するにあたり、平野さんのご自宅にお邪魔して詳しくお聞きし、一部の作品については実際に制作の過程を見せてもらった。

まず、平野さんが「引っ掻《か》き」と呼ぶ初期の作品では特殊な複写紙が用いられている。今日のような普通紙複写（ＰＰＣ）が主流となる以前に「青焼き」と呼ばれるジアゾ式複写に用いられた非常に薄い紙だ。この用紙は原稿と組み合わせて現像液に通すと黒くなるのだが、この黒を引っ掻いたり点を打ったりして模様を作り、そこに青色を塗って水で拭き取るのだという。一九八四年頃まではこの方法で制作していたが、複写紙がなくなってきたので、アート紙を使う方法に変えたそうだ。

アート紙の場合は次のような手順になる。

まずケント紙にアラビア糊を塗っておいてから、綿で油絵具を塗る。絵具はルフラン&ブルジョワのものを使っていた。この絵具はミレーやデュフィが愛用したことで知られるフランスのメーカー品である。色は黄、赤、青の三色のみで、この順序で、溶かずにチューブから直接出して使う。ルフラン&ブルジョワではカドミウムイエロー、アリザリンクリムゾン、プルシアンブルーだが、赤に関しては日本製のライトレッドのほうがよいそうだ。

絵具を綿で塗った後、マッチ棒の軸を水で濡らし、塗ったところに線を引いてゆく。水と油の相反する性質から、独特の緊張感のある線や形象が描かれる。

次に、アート紙の表面をサンドペーパーで擦る。できあがった作品の色の薄い部分をよく見ると擦った線が浮かび上がっているが、これがサンドペーパーで擦った跡である。アート紙の表面を擦ったら、アート紙とケント紙を密着させ、圧して、ケント紙に描いたものをアート紙に写し取る。それから、アート紙に写ったものを綿につけた絵具の色でつぶす。その上から水を含んだ綿で叩くと線が出てくる。その上にさらに絵具を塗り、また、水で拭くことを繰り返す。

一般に「描く」という行為は、描く対象の再現である。それが具象であれ抽象であれ、画家が対象とするものを形象や色彩の構成によって再現することだといってよいだろう。しかしながら、平野さんには描く対象が存在しない。そうして対象が存在しないところに「私」も存在する必要はないであろう。

実際、平野さんが制作しているところを見ていると、彼自身が、何を描き何を表そうとしているかまったく意識していないように見える。それは無意識というよりも、例えば子どもがみずからの行為に何らの価値も意味も求めず、手を動かす——ただ、そのためにだけ無心に手を動かしているのと同じようにも感じられる。そこにあるのは「私」の放棄、あるいは「私」の不在であり、描かれるものは「私」の不在を埋め、不在の空間を満たすものとしておのずから現れてくる。暗黒の中から生成する宇宙の風景が、不在の私と重なり合って、そのまま精神の形となるゆえんである。

平野さんの作品で一番新しいスタイルは、ケント紙に万年筆の先で点を突いていく「点描」である。周囲が完全な円形になっているが、コンパスを使っているわけではない。点を打っているうちに、不思議に自然と真円形になる、と平野さんは笑いながら言う。黒い大きめの点や線は後から書き入れるのだそうだ。

このスタイルの契機について、以前、平野さんからお聞きしたことがある。平野さんの奥様はずっと入院していて、平野さんは毎日病院へ付き添いに出かける。朝行って、夕方まで病院で奥様のベッドのそばについているのだが、その際に何とはなしに紙に点を打ち始めたら、これができたという。病院に一日いる間に二枚できる。この作品を創り始めたのは二〇〇〇年くらいからで、私がそれを聞いた時には既に三千枚程あるということだった。

アート紙の絵具による作品は、どんなに小さいものでも――例えば証明写真のような三、四センチ四方のサイズもあるのだが――宇宙空間のマクロ的な広がりと無限の深淵を感じさせる。それに対して点描の作品は、あたかも顕微鏡で覗いた微生物の姿か、鉱物の組織の文様のように、ミクロの世界を拡大した平面的な画像である。

一日二枚できるという割合から計算すると、午前と午後に一枚ずつ、すなわち三、四時間の間、病院の椅子に座ったまま、紙に万年筆の先を執拗《しつよう》に打ち続けていくわけであり、私は平野さんのその様子を実際に目にしたことはないが、彼が自宅でアート紙に向かっていると同じように「私」の不在な状態になっているであろうことは想像に難くない。したがって、そこに現れるのはやはり真空状態の宇宙であり、「点描」の作品は真空における精神の組織を顕微鏡で拡大した像と感じられる。

ここであらためて気付くのだが、初期の「引っ掻き」から現在の「点描」に至るまで、共通しているのは平野さんの画が基本的に「叩く」あるいは「突く」動作から生み出されているということだ。そうして、それは特に何かを「描く」ためではなく、ただ、他になすこともない時間を埋めるために、無意識に指先が動いた結果であったのだが「叩いた」あるいは「突いた」部分がたまたま一方ではマクロの、もう一方ではミクロの宇宙の鉱脈に触れたのであって、そのことに驚いたのは誰よりも平野さん自身だった。以来、平野さんは真っ白なアート紙とケント紙に埋もれている鉱脈――その紙面の背後に直結した宇宙――を掘り続けて倦《う》むことを知らないのである。

そうであるなら、平野さんの作品は、実際は「画」ではなく「実体」そのものということができるのではないか。それがこの世界の唯一無二の「実体」であるならば、描いている当人に「画」の意識がなく、また、見る人が何を描いた「画」であるかわからずに首をひねるということの説明もつく。この世界のどこかで他に「ある」ものの再現ではなく、ここにしかないものの発掘。この文の冒頭で記したように、平野さんの作品がまったく類型のない、いかなる前例の模倣の跡も留めないものであることは、以上の理由によるのではあるまいか。

先に少しふれたが、平野さんは画の制作と同時に詩も書いていて、その抽象とも具象とも判別することのできない言葉の世界が、画と同じ精神から生み出されたものであることは言うまでもない。平野充さんの詩作品については、稿をあらためて述べようと思う。

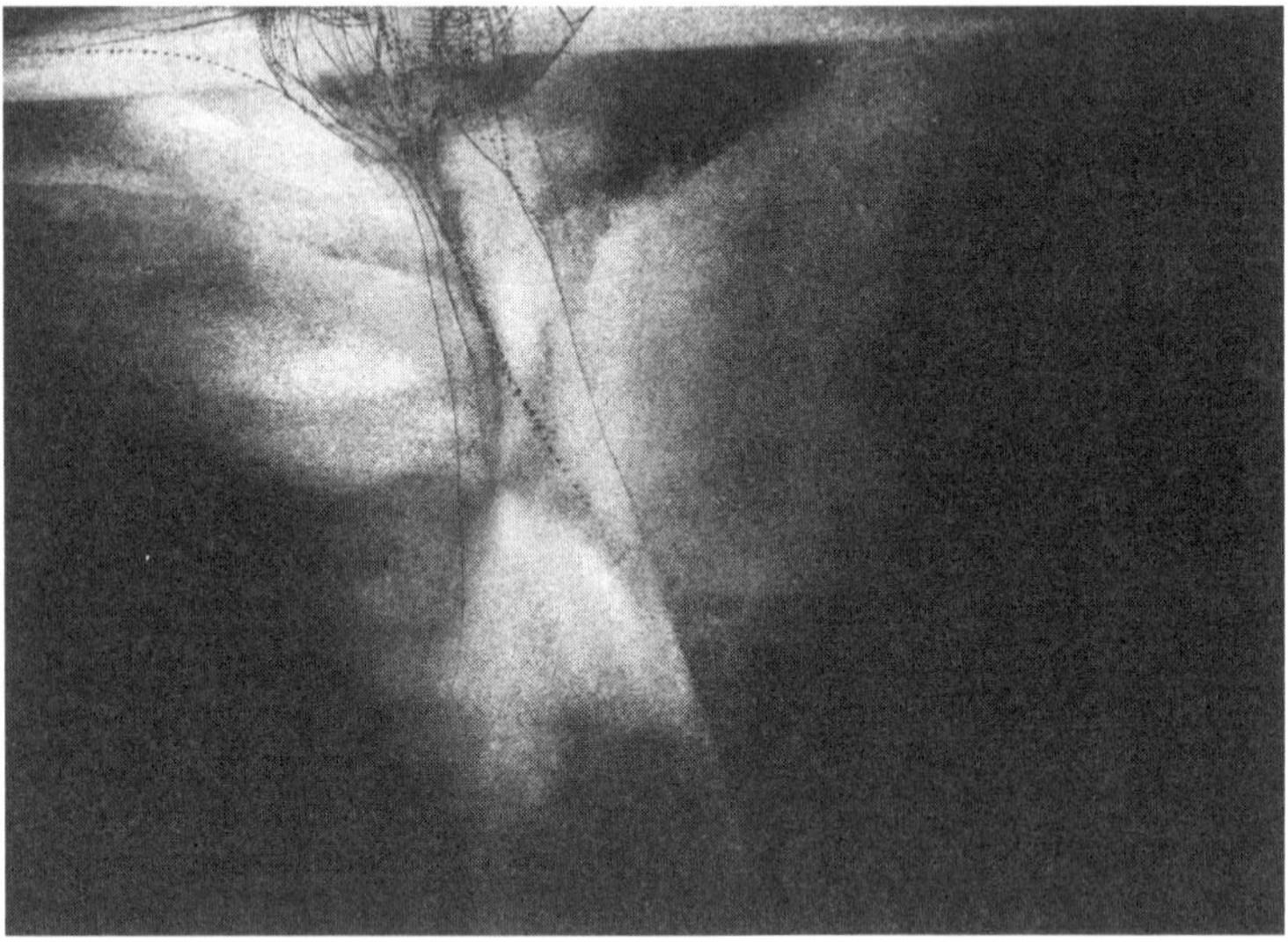

平野充「無題（引っ掻き）」

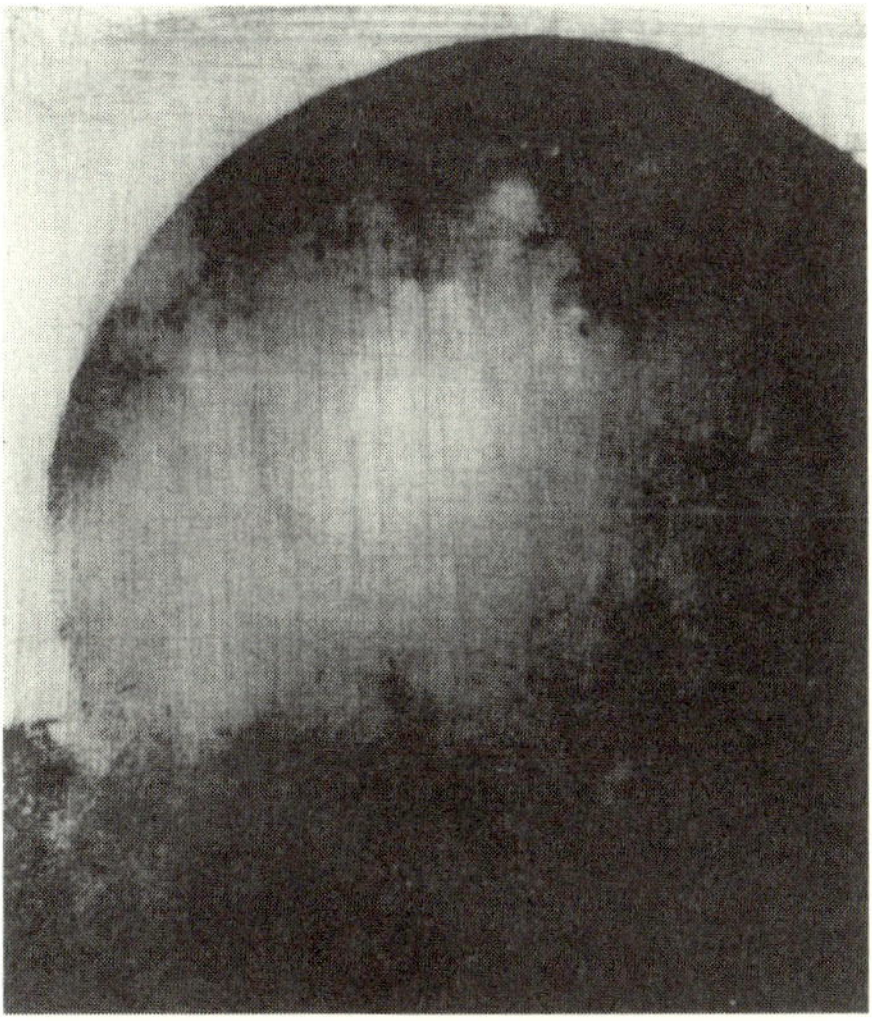

平野充「無題（アート紙）」

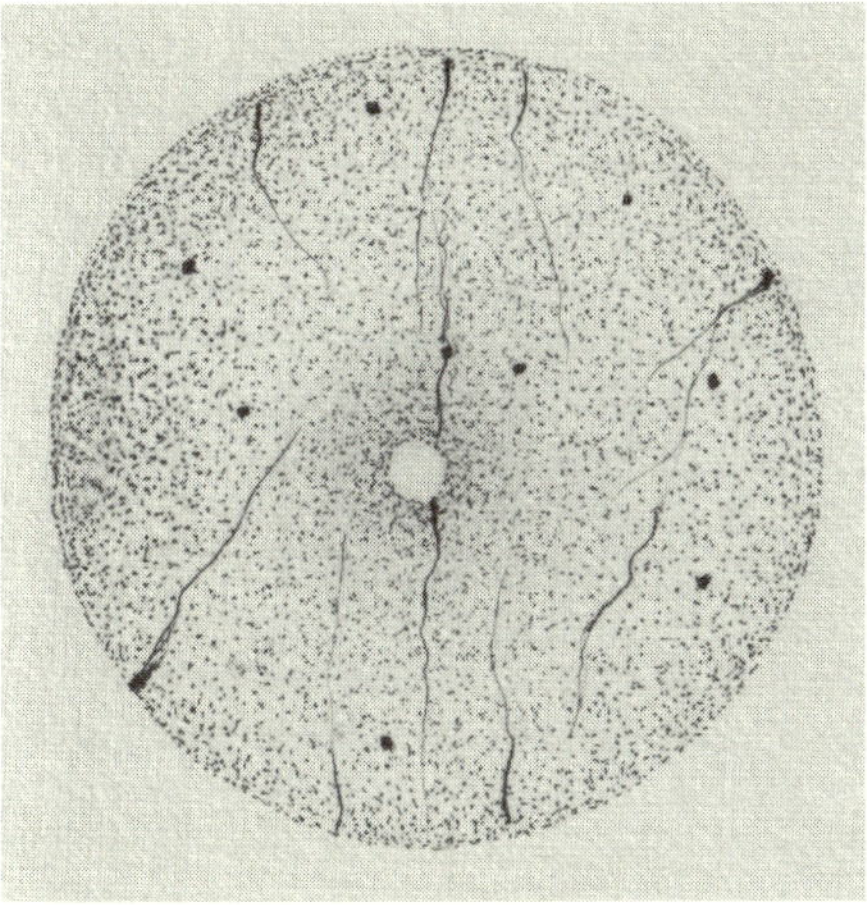

平野充「無題（点描）」

真空の祈りⅡ――あるいは不在の証明

一人の作者が複数の異なる表現形態を実行している際、各々の間にはどのような関係性があるのだろうか。平野充さんの画には詩が添えられており、詩集には画が添えられている。しかし、詩と画はそれぞれに独立し完成された存在であって、互いを補完しあうものではなく、互いの解説となるものでもない。平野さんの画を見ながら詩を思い浮かべる必要はなく、詩を読みながら画に目を移す必要はない。にもかかわらず私は平野さんの詩について、この文章を記すに際し題名をいくつか考えながら、最終的には前回、平野さんの画を論じた拙文に付した「真空の祈り」という言葉に再び行き着かざるを得なかった。

同じ一つの精神が一方で「色彩・形象」、他方で「言語」という二つの表現の形態をたまたま得たのであれば、これは当然の結果だが、私が今回そのことを再認識するのをためらったほどに、平野さんの画と詩とはそれぞれに完全な独立性を保っている。そうでありながらも両者は同一の精神を表しており、それはあたかも、生まれ出た直後にそれぞれが別の惑星へと連れ去られて、互いに見知らぬままに成長した一卵性の双子であるかのごとくだ。

見たことによって消されてゆくもの
消されてもなお残るもの
それらがわたしにとって見たものであり
いずれも無名の形態

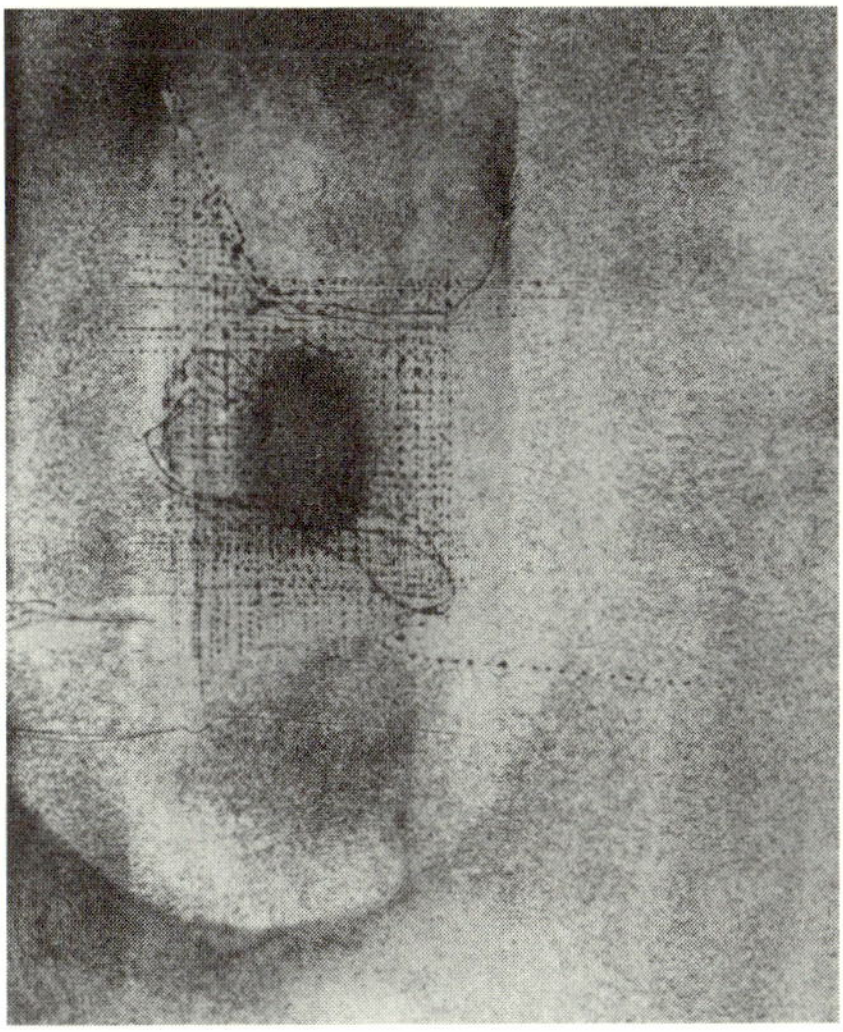

ここに引用した詩と画は共に、平野さんが二〇一五年に開いた個展のダイレクトメールに記されている作品である。平野さんは毎年六月に銀座の養清堂画廊で個展を開催しており、そのダイレクトメールには常にこのように画と詩がカップリングされているのだが、平野さんにとって詩と画の組み合わせはおそらく熟慮選択の結果ではなく、ほとんど偶然の配置であるように思われる。平野さんの作品においては、どの画に、どの詩を組み合わせてもまったく差し支《つか》えない。そうして絵画と詩において、そのようなことが許される例を私は他に知らない。

平野さんは絵画作品に一切、題名を付さない。平野さんにとっては題名が無用であるという以上に題名を付けること自体が不可能なのであって、なぜかと言えば絵画の制作に際してコンセプトやテーマが不要だからである。思考や感情の排除された、ほとんど無意識的な感性によってのみ描き出された平野さんの絵画に表されているものを、どうしても何らかの言葉で示さなければならないとすれば、それは「無」であり「空《くう》」であると言えるかもしれない。平野さんは詩作品には各々に題名を付しているが、それらも必ずしも必要なものではなく、なんとなればすべての詩篇が「無」あるいは「空」という題名を冠しても差し支えない。どの絵画にどの詩篇を添えてもかまわないゆえんである。

先に引用した詩は、『祈祷書《きとうしょ》〈鳥〉Ⅶ』に収められている「すとーん」と題された二連十行の作品の初連である。ダイレクトメールを受け取った者は、この四行で言葉は十分に完結していると感じるだろうが、実際は「すとーん」は次のように続いてゆく。

この地上に
少なくとも杭を打ったことは確かなのだが
その杭も
遂には墓標とはならないだろう。
だから　とあなたは言う。
ここに石を置く。と

（「すとーん」）

平野さんがダイレクトメールに記す詩行は、いずれも詩作品の一部であり、二、三行からせいぜい四行ほどの抄出なのだが、ダイレクトメールを見た後に元の詩全体を詩集で読んであらためて驚くことは、ダイレクトメールに抄出された数行が全体の一部分のみであるという印象をほとんど与えないことだ。

ダイレクトメールに用いる際のみならず、他のさまざまな場面でも引用のために詩の一部分を抄出する――エッセンスを取り出すという作業がおこなわれることは他の詩人の場合にもよくあるのだが、平野さんがしていることはそれとは異なる。否、正確には、平野さんの詩の構成がエッセンスというような観念を拒否している。平野さんの詩と画の組み合わせはほとんど偶然のものであろう、と私は先に述べたが、同様に詩のどの部分を引用するかも恣意的なものではなく、まったくの偶然であるに違いない。このダイレクトメールにおいては「すとーん」の前半が引用されているが、それは後半であっても差し支えない。

詩の各連がストーリーとしての展開を持ち、あるいは語りの順序に従って並べられ進行するのであれば、各連の比重には当然ながら違いができてくるのであり、引用部分を無作為に抽出するということは不可能だ。ところが平野さんの作品では各連の比重がほぼ均一であり、第一連は必ずしも序ではなく、最終連が結末であるとは限らない。それをたとえて言うならば、平野さんの詩作品は一篇を構成する各連が独立した軌道を持ち、その軌道を巡りながら互いの引力によって距離と釣り合いを保持しているミニアチュールな惑星系のようなものだ。『祈祷書〈鳥〉Ⅶ』には「すとーん」と非常によく似た作品が収められている。

見えたことによって
消されてゆくもの
消されてもなお残るもの
この残されたものがわたしにとっては見えたもの

振り返ったのは
声がしたからではない。
空間が
あまりにも透明な闇であったからである。

地球も一個の星に過ぎず
星もまた闇に過ぎない。

（「視覚」）

ほぼ同一の初連を持つこの二篇の詩は、しかしながら、「すとーん」においては茫漠たる地上に置かれた一個の石、「視覚」においては宇宙空間の透明な闇の中に置かれた一個の星が描かれ、巨大な望遠鏡の視点と日常の肉眼との間で、マクロとミクロの割合にも近い相似形を示している。それ自体もまた、平野さんの絵画に描かれたものが、一方で無限の闇の空間に座を占める惑星と見え、一方で精密な電子顕微鏡が捉えた物質を構成する原子の姿と見えることと相似である。

平野さんの詩作品の語彙は極めて限られている――空、砂漠、砂、海、鳥、骨、死、光、闇――この世界の風景を元素まで還元し、あらゆる感情をろ過して、一切の不純物を含まない必要最小限のものとして残されたこれらのわずかな言葉以外、具体的な事物や事象を示す言葉はほとんど使われていない。しかしながら、平野さんの詩はいわゆる思想詩や観念詩とは類を異にする。平野さんの絵画作品が抽象画やデザイン的な画像ではなく、「宇宙の風景」を描いた具象画であるというのとまったく同じ意味で、詩作品に描かれているのもまた、正しく宇宙の風景であり、物理的な宇宙と精神世界の宇宙が重ね合わせられた、光に満ちた無限の闇の空間である。一切の音響を絶たれた宇宙空間における絶対的な静寂と孤独――この精神の真空状態において意識される「わたし」が平野さんのモチーフのすべてであり、「わたし」の存在を証明することが平野さんに許された唯一のテーマだ。

〈鳥は　わたしである。〉
〈わたしは　鳥である。〉
これは同じことではない。

鳥は　わたしである。と言うとき　鳥は存在しない。
わたしは　鳥である。と言えば　すでに　わたしは存在しない。

いずれかが存在するためには

いずれかが消え去らねばならない。

（『海の庭』序詩）

「わたしはわたしである」と言うことが許されないのは、精神の真空状態の宇宙で「わたし」が極限まで純化され透明化されたゆえに、「わたし」が「わたし」自身の感覚では認識できないからである。「われ思う、ゆえに我あり」というデカルト哲学の原理は詩人には首肯《しゅこう》し難い理論であることに加えて、詩人にとって「わたし」の認識は必ずしも必要ではなく、むしろ「わたし」の存在は不要であり、邪魔ですらある。したがって「わたし」の存在を確認しようとする平野さんの言葉は、常に「わたし」の不在の証明に帰結する。

わたしは
わたしより遙かに遠い砂漠で
すでに　わたしを放置した空である

（「鳥」）

この「鳥」を先に引用した『海の庭』序詩の理論に従って読めば、砂漠あるいは空は存在し、「わたし」は存在しないことになる。実際、平野さんの作品に登場する人物は「わたし」しかいないのだが、そのたびに「わたし」は存在するものとしてではなく、存在しないものとしてみずからに語りかけざるを得ない。

もうすでにいない筈のわたしなのだが
そのいないわたしが　依然としてここにいる。
不思議なことである
もしかすると
ここにいるのは　わたしではなく
わたしの亡霊。
そして
その亡霊が　わたしに言う。
おまえは誰か？　と。

（「亡霊」）

平野さんが「わたし」の無化にこだわるのは、「わたし」によって「わたし」以外のものが隠されるからであり、「わたし」の存在によって世界の実像が歪められ遮《さえぎ》られるからである。しかしながら、それなら一体「わたし」を消去した後に「わたし」のいない世界で、世界を知覚しているのは誰だろうか。それが、いないはずの「わたし」であるとすれば、平野さんは「わたし」を無化したというよりも、正確には、無化された「わたし」を創り出したのではないか。

かくして、あたかも能楽師の足取りのごとく、生死の境目に吸い付くような厳かなリズムの中で進行してゆく平野さんの言葉のひとつひとつは、みずからへのレクイエムとなり、無化された「わたし」の眼には生命を蒸留された彼岸の風景が映し出され、レクイエムは真空の祈りとなる。

わたしにとって言葉は予期せぬ雑草であった。雑草は刈り取らねばならない。この雑草を刈り取り一ヶ所にまとめることで　異常の夏の　私の整地は終った。ここに　まとめたのが　その刈り取られた集積である。

（「ノート」）

この作品は詩集『海の庭』では「ノート」と題されているが、実際は、そのひとつ前の詩集『言葉のない書物』に「あとがき」として記されているものであり、たしかにあとがきとして詩が平野さんにとって意味するものを明確に示している。

言葉が雑草であり、詩集が雑草の集積である時、平野さんにとって重要なのは刈り取って積み上げた言葉の雑草ではなく、雑草の言葉を取り払って整地された土地のほうである。平野さんがこの「あとがき」を記した詩集の題名が『言葉のない書物』であることが何よりもそれを示している。平野さんにとって言葉は消し去ろうとすればするほど現れてきてしまうものであり、言い方を換えれば、平野さんの詩は消そうと思った言葉の集積なのである。それはまた、平野さんが絵画作品において、色を塗った部分を拭き取ることで「描く」のと同じであろうか。私は平野さんが絵画を制作する過程を実際に見せていただいた時、描こうとしているよりも、むしろ消そうとしているように感じた。そして消そうとすることで現れてくるものを平野さんは我々に示さざるを得ないのである。それは詩作品の中に記された「わたし」についても同様である。

詩集『海の庭』に詩人の三好豊一郎《みよしとよいちろう》が寄せた文章の冒頭は「平野充は暗室にこもって緻密な心的宇宙を磨ぎ出す画家かと思っていたが、詩も書く」となっているが、平野さんは画家であるはるか以前に詩人であった。さらに詩を書く以前には小説家を志したのだが、平野さんの黙示録的な言葉は初めから散文となることを拒否したであろう。早稲田での学生時代まで、すなわち十代から二十代にかけては詩を書き、三十代以降は画のほうに入っていくのだが、詩も平行して書き進められた。

僕は　何も　知らない。
閉ざされた胎内に　無数の廃園があったことも。
その廃園で　世界は　全く痴呆であったことも。

（「青い街燈」）

これは平野さんが十代の頃、最初期に書いた作品であり、その詩法が今日までほとんど変わっていないことは即座にわかるのだが、同時に平野さんの極めて独創的な詩法が初めからほぼ完成されたものであったことには驚嘆の念を禁じ得ない。人生の出発の時に、十代の青年がみずからの内部に見い出した虚無は、既に自身の到達点を示すものだった。平野さんは最初の一歩で歩みを止め、世界の果てまで続くことが了解された砂漠の中に両足を埋めたま、どこまでもその風景が変わらないものであることを認め、ただ、絶えず吹きすさぶ風によって刻々と変わる砂上の風紋を言葉で写し取ることにした。それが平野さんの詩作品である。太古の遺跡の、放置された石像のように砂漠にたたずむ平野さんの暗黒の太陽に焼かれた視線が、砂漠の昼の青空の奥に無数の星の散らばる宇宙を常に透視せざるを得なければ、青空の虚偽を剝《は》ぎ取った昼の星空の色彩と形状がおのずとできあがるであろう。それが平野さんの絵画作品である。

そのいずれにおいても人間の感知する究極の風景を描き出している点において、平野さんの作品が一般に受け入れられることは困難であるかもしれないが、平野さん自身はそのことを意に介してはいない。なぜなら、平野さんにとって作品の制作は意図されたものではなく、無意識と偶然の産物に過ぎないからだ。同時に、そのようにして平野さんの描き出す風景の真実であることは、何よりも、平野さん自身の言葉によって逆説的に証明されている――

「僕は　何も　知らない」と。

未完成への憧れ

宮澤賢治は夏目漱石や太宰治と肩を並べる国民的人気作家だ。けれども漱石や太宰と比べて、賢治の作品は「読みやすい」とは決して言えない。むしろこれほど人気があるのが不思議なくらい、賢治の詩や童話は難解だ。実際、生前既に人気作家であった漱石や太宰と違って、賢治は生きている間、ほとんど誰にも作品を理解してもらえなかった。その事情は今日でも変わっていないのではないか。つまり賢治の人気は、比較的わかりやすい「雨ニモマケズ」のヒューマニズムや「銀河鉄道の夜」のファンタジックなイメージが、一人歩きしている結果に過ぎないとも言える。

賢治の作品の難解さは、まず語彙の特殊さと豊富さによる。芸術のみならず自然科学や宗教哲学を網羅する百科全書的な語彙を、自在に駆使して生み出されるイメージの複雑さは、通常の文学的知識ではとても読み解くことができない。それゆえ、一九八九年に原子朗さんが『宮澤賢治語彙辞典』を刊行したのは、すべての賢治読者にとって朗報だった。私自身、この辞典にどれほど助けられたことかしれない。

宮沢賢治イーハトーブ館の館長をつとめた原さんは、私の大学での恩師でもある。私が大学院を出た頃、原さんはちょうどこの辞典の原稿をまとめていた。その編集作業は、あたかも満天の星を一つ残らず数え上げてラベルを貼り付けてゆくような、気の遠くなりそうな仕事だった。それを見ていた私は、辞典が完成した時、これでようやく原さんもひと安心しただろうと思った。ところが原さんはなんと辞典を刊行した翌日から、その改訂版を作ると言い始めた。私は耳を疑った。けれども原さんは実際に書き直しを始め、十年後に『新宮澤賢治語彙辞典』という改訂版を出した。

しかし、その新版でも原さんは満足していなかった。またしても辞典の改訂をすると言い始めた。そして今回は、数年前から私にもしばしば英語に関する項目の質問をするようになった。もっとも、それは私に質問をしているというより、話しながら自分の中で考えをまとめている感じだった。かえって私のほうが原さんの質問から教えられることが多かった。

例えば、賢治の「天球図」という詩に、次のような二行がある。

　鳥は矢羽根のかたちをなしてひるがへり
　風と羽とのそのほのじろい love-bite

love-biteは「愛咬《あいこう》」——愛し合って相手を咬むことやキスマークを意味する。原さんは電話で、英語の小説や詩ではこの言葉をよく使うのか、と訊いてきた。私が、あまり見かけたことはないと答えると、では賢治は一体どこで、こんな賢治らしからぬ言葉を知ったのだろうという話になった。私はあまたの資料をしらみつぶしに調べたが、結局それを突き止めることはできず、ただ賢治の読書範囲の広さに圧倒されるよりほかなかった。このような例は枚挙《まいきょ》にいとまがない。

この最新版の『定本 宮澤賢治語彙辞典』が先ごろ刊行された。

前回の『新宮澤賢治語彙辞典』から十四年経ち、来年九十歳になる原さんが三回目の改訂を成し遂げた今回の辞典は、さすがに完成版であろうと私は思ったのだが、序文には「未完成」だと明言してある。なぜなら「永久の未完成これ完成である」(「農民芸術概論綱要」)が賢治の信念であったのだから、と原さんは書いている。

賢治は作品の書き直しを執拗に繰り返す作家だった。出版した後も本のページに何度も修正を加えた。「銀河鉄道の夜」の原稿には大きく分けても四つのバージョンがある。最後のバージョンも未完のままだが、もし賢治が生きていたら今でもまだ書き直しを続けているに違いない。

賢治にとって、作品とは常に作者と共に成長し変化するものであり、その動きが止まってはいけないものだった。作品ごとのさまざまなバージョンを網羅する必要性から、賢治の全集が、死後八十年になる今日までに形態を変えながら八種類以上も刊行されていることは、そのような賢治の精神の反映と考えることもできる。原さんの三種類の『宮澤賢治語彙辞典』もまた、賢治の修正の魂に乗り移られたかのように、改訂を重ねて進化してきた。

全集や『宮澤賢治語彙辞典』が脱皮を繰り返すように変貌を遂げているということは、賢治の作品自体が、賢治の死後も依然として成長を止めず進化を続けているということにもなる。そのおそるべき進化の源にあるのは、永久の未完成への憧れに他ならない。

最後の文人

二〇一七年七月四日、原子朗さんが亡くなった。九十二歳だった。原さんは私の大学の恩師であり、文人という呼称がふさわしい方だった。

文人という言葉は元来、中国で用いられ、学問を深く修め、詩文の才がある人を指す。つまり、学者であり同時に作家あるいは詩人である人の謂《い》いだが、二つの才を使い分けるというよりも、二つが混然一体となって、学問を語りながら詩文の世界を成し、詩文を作りながら学問の領域に分け入ることの自在にできるような人物であろう。我が国の代表的な文人としては、例えば、作家として有名になる以前は東大で英文学を講じ、学者としても一家を成していた夏目漱石や、歌人としては釈迢空《しゃくちょうくう》と号し、慶應で教える際には本名を用いた折口信夫《おりぐちしのぶ》などが思い浮かぶ。

さらに言うなら、中国の文人は能筆であることも条件なのだが、原さんはまさしく書家でもあった。原さんは宮澤賢治の研究において第一人者であり、十冊を超える詩集を刊行し、書道においても四十年近く毎年個展を開いて、文人の生涯を貫いた。あのような存在が今後、現れるとは思われない。我が国において正しく文人の名に値する最後の存在だったと思う。

冒頭に、原さんは私の恩師だと書いたが、私が原さんにお会いしたのは実は大学生の時ではなく、大学を卒業した後だった。同じ早稲田でも私は文学部の学生であり、原さんは政経学部で教えていた。したがって、私は宮澤賢治の研究で有名だった原さんの名前は知りながら、大学で会う機会はないままに卒業して早稲田を離れた。そうして千葉の某大学に職を得た。その年の十二月、初めての詩集を上梓《じょうし》し、詩人や研究者に郵送で献呈した。

年末のある朝、私は一本の電話で起こされた。「原子朗です。詩集ありがとう。読ませてもらった。なかなかいいぞ。」三十年近くも前のことだが、今でもその時の、低音のよく響く声と弾むような話し方の一語一句を忘れることはできない。それにしても私は驚いてしまった。面識がないのに、まるで旧知でもあるかのように直截《ちょくせつ》な気軽な話しぶりだった。出身が早稲田ということで、自分の講義に出ていたのだろうと原さんは思っていたのかもしれない。数日後、私は原さんの研究室を訪ねて、残念ながら先生の授業に出たことはありませんでしたと言ったが、原さんのほうはまったく頓着しないふうであった。「そんなことはどうでもよい。とにかく、君は僕の教え子ということになるんだ」と頬を緩めながら言った。

初めて目にした原さんは、がっしりとした体格で、豪放磊落《ごうほうらいらく》という形容が当てはまると思った。学者あるいは詩人のイメージとして一般的な、気難しく腺病質《せんびょうしつ》な雰囲気はまったくなかった。「いそがしい、とにかくいそがしいんだ」と言いながらも、腰を据えてゆったりと構えているように見え、頼りがいのある親分さんといった感じだった。

その年、原さんはたまたまH氏賞の選考委員だった。詩の芥川賞とも呼ばれるH氏賞のことを当然私も知ってはいたが、原さんが選考委員であることは知らなかった。「今度の君の詩集を賞に推薦してやるから、他の選考委員にも詩集を送れ」と原さんは言った。数名の委員の名前を聞くと、いずれも既に送っていた人たちだった。そう言うと原さんは「普通に送っていたんでは誰も読まない。僕がみんなに読むように言っておくから、もう一度送るんだ」と言った。私は言われた通りにした。おかげで私の処女詩集は、その年のH氏賞の候補になった。受賞はできなかったが、最初の詩集から候補になっただけでも私には随分励みになり、また、なるほど賞を受けるにはこういうステップもあるものなのだと、今まで知らなかった世界の仕組みを教えられたように感じた。ただ原さんは「詩を書く時に賞のことなど意識してはいかんぞ。そんなことをすると詩が卑しくなるからな」と、厳しい顔つきで私を戒めることを忘れなかった。

原さんはその四年前に詩集『石の賦《ふ》』で現代詩人賞を受賞し、私が会うようになってから三年後には『宮澤賢治語彙辞典』で宮沢賢治賞を受賞して、華々しく活躍していた時期だった。宮沢賢治賞の受賞祝賀会には私も声をかけてもらい出席した。会場には天沢退二郎《あまざわたいじろう》さんや入沢康夫《いりさわやすお》さんをはじめ、著名な詩人、研究者が勢揃いして、そのような場に初めて出た私は圧倒された。当時私は、勤務していた大学の領域が私の専門とはまったく違うので他へ移ることを考え、原さんに相談していたのだが、授賞式の会場で原さんは私の顔を見るや、駆け寄ってきて「大学の教員の空きを聞いている、あとで電話するから」と言った。自分の受賞のことで周囲に群がる人との応対に追われているさなかに、私の職のことなどを気遣ってくださるのは恐縮の至りだった。もっともこのようなことはすべて、私だけに限っていたわけではないと思う。「とにかく主人は若い人が好きで、世話を焼くのが大好きなんですよ」と、奥さんが言ったことがある。

その後、私は自分の専門の英文科がある神奈川の大学に移った。移った後で、そこがかつて原さんが早稲田に戻る前に勤めていた大学だったことを知らされた。英文科もあったが文芸科という学科もあり、それは実は原さんが創った学科だった。この大学の図書館の一角には現代詩コーナーがあって、現代詩集がずらりと並んでいた。壮観だった。詩集はもともと出版部数が少なく、書店にはあまり流通しないうえに、初版のみで絶版になるのが通常なので、すべて少部数限定の稀覯《きこう》本と言ってもよい。そのような現代詩集のほとんどが一堂に会しているのは、原さんが自分のところに献呈された詩集をそっくりそのまま、この大学の図書館に寄贈したからだった。現代詩を読む者にとって宝の山のようなこの図書館の詩集コーナーに、私は足繁く通った。ほとんどの詩集には見返しに献呈の短冊が貼られて、自筆の署名があった。井上靖《やすし》の詩集にも署名があり、散文詩の名手でもあったこの偉大な小説家がブルーブラックのインクで記した貴重な直筆署名を見つけて、私は深い感慨を覚えずにはいられなかった。

私が会うようになって数年後に、原さんは早稲田を定年で退職した。大学の研究室で会うことはできなくなったが、初めから原さんとは、じかに会うよりも電話で話すことのほうが多かった。

原さんは研究の最中に、行き詰まると電話をかける習慣があった。私のところには、英語について疑問が生ずると、よく電話がかかってきた。無論、原さんが頭を悩ますほどの問題だから、私の貧しい英語の知識では即答できるはずもなく、調べておきますと答えるしかなかった。けれども調べておきますと言っても、それにかまわず原さんは一人で話を続けるのが常だった。短くとも三十分、長ければ二時間を超え、平均でも一時間は話していた。問題に対するいろいろな解釈を説明したうえで、原さんは自分の考えを語った。それは電話で原さんの講義をそのまま聴いているようなものだった。原さん自身、話しているうちに自分の考えにある程度のまとまりが付いてくることが多く、問題の解決が見え始めると「どうもありがとう。じゃあね」と言って電話を切るのだった。私は電話のこちら側で、ほとんど相槌《あいづち》を打っているだけだが、原さんが考えをまとめるための相手役になってはいるのだと思った。その話の一つ一つを記録しておけば、それだけで一冊の文学論ができあがったのではないか、と今では悔やまれてならない。

例えば、最後の頃の電話のひとつにThere is nothing so well done, but may be mended.という英文に関しての相談があった。これは言語学者の大槻文彦《おおつきふみひこ》が明治時代に刊行した近代最初の国語辞典『言海《げんかい》』のあとがきに記している文だが、どういう意味か、出典はあるのか、という質問だった。英語としては「最善は尽くしたが、直すこともあるだろう」という意味になるが、英語でことわざとして使われているものか、あるいは何かの一節から引用されている文か、私にはわからなかった。原さんはこの英文を読んで、宮澤賢治が「農民芸術概論綱要」の結論部に記した「永久の未完成これ完成である」という有名な言葉の元ネタではないかと言った。なるほど、言われてみればそういうふうにもとれる。いずれにしても、英語に関しては調べておきますと答えて、ＯＥＤやら引用句辞典やらをしらみつぶしに探したが、出典はわからなかった。英語でもことわざというほどよく使われる言い方ではないように思われた。大槻文彦は英語も堪能であって、『言海』以前には英和辞典の編纂に携わっていたほどだから、この英文も自分で作ったのかもしれない。しかし国語辞典のあとがきの末尾に記すのに、なぜわざわざ英語にしなければならなかったのかという疑問は残る。大槻は『言海』を作る際に、英語の辞典――おそらくはウェブスター英語辞典――を参考にしたといわれており、ひょっとしたらウェブスターの序文かあとがきに、この一文が記されているのではないかとも思ったが、確認はできなかった。それはともかく、原さんはこのことを『定本宮澤賢治語彙辞典』の序文に記し、『言海』という画期的な辞書と、修正魔であった賢治の思想をつないで、みずからの語彙辞典をその軌道の延長に位置させたのである。

　原さんの専門は文体論であり、また、萩原朔太郎《はぎわらさくたろう》の陰に隠れがちだった詩人の大手拓次《おおてたくじ》の評価を確立したことでも知られるが、後年は宮澤賢治の研究に心血を注ぎ、特に『宮澤賢治語彙辞典』は文字通りライフワークだった。最初の版を一九八九年に出した翌日から修正に取り組み、十年後に新版の『新宮澤賢治語彙辞典』を刊行したが、さらに改定を加え十四年後、三度目の版、『定本 宮澤賢治語彙辞典』を完成させた。修正の作業に入ると、とにかく眠れなくなり身体が持たないので、医師に睡眠薬のハルシオンを処方してもらっていると語っていた。

宮澤賢治の研究のために、原さんはたびたび賢治の故郷の岩手に出かけた。宮沢賢治イーハトーブ館の館長を務めるようになってからは、月に一度は花巻市《はなまきし》を訪れていたようである。原さんは長野の黒姫《くろひめ》高原に別荘を持っており、夏場にはそこにこもっていたが、そこから岩手へ行くのに、愛車のベンツを駆《か》ってもさすがに当日着はきついと話していた。それで「途中の福島辺りで一泊したいが、どこかいいところはないか」と訊かれたことがある。私が福島の出身なので、そう訊いてきたのだ。長野から新潟に抜けて、福島を横断し東北自動車道に入るルートだというので、ちょうど中間に位置する磐梯熱海《ばんだいあたみ》の温泉はどうですかと私は答えた。すると、温泉でも気楽にとまれる小ぶりな宿で、魚料理のうまいところがよいと原さんは言った。磐梯熱海は山間の温泉地なので、魚料理を期待されても困ると思ったが、なんとか探し出して紹介した。あとで、「君に紹介されたところはとてもよかった、サバの味噌煮が絶品だった」と嬉しそうに言うので、こちらもほっとした。

私が最初に勤めた大学は千葉の外房《そとぼう》にあった。それで原さんは、外房のあたりに手頃な別荘がわりになる家はないかと訊いてきたこともある。「僕はとにかく魚が好きなんだ。だから海のそばで、魚が食べられるところに住める場所がほしい。貸し間みたいなところでいいから、教えてくれ」と言った。原さんは長崎の出身なので、幼少期を海辺の魚のおいしいところで過ごしたのだろう。私は知り合いに聞いて空き部屋を見つけ、写真持参で原さんに紹介したが、残念ながらそこを間借りするまでには話が進まなかった。そうして私自身も間もなく千葉を離れて、先述した神奈川の大学へ移ってしまった。

原さんの黒姫の別荘にも、お邪魔したことがある。夏の終わり頃で、近くのコスモス園ではちょうどコスモスが咲き始める時期だった。原さんは別荘に「ぎんどろ山荘」と名前を付けていた。「ぎんどろ」はヤナギの一種で、賢治が愛好して詩にも幾度か記している。原さんはぎんどろの苗木を花巻から持ってきて別荘のそばに植え、別荘にもその名を付けたそうだ。私が初めて別荘を訪ねた時には、ぎんどろはもう見上げるような高さに成長していて、風が吹くと、その名の由来である葉裏の銀白色がいっせいに揺れて光輝いた。

原さんの「山荘」では、二階でお茶をいただき長いこと話したように思うが、話の中身は覚えていない。ただ、部屋の鴨居《かもい》にぐるりと土鈴が下げられていたのだけは、印象深く覚えている。それは日本各地へ旅行した際に記念に買い求めたもので、地震があるといっせいにガラガラ鳴ってにぎやかなんだ、と原さんはおもしろそうに話した。私は秋田へ移ってから、なまはげの土鈴を見かけたので原さんに送ったが、それが山荘の鴨居に下げられているところを見る機会は残念ながらなかった。

原さんは研究の方面で――私が「教え子」になって以降は『宮澤賢治語彙辞典』にかかりきりだったので、だいたいはそれに関しての相談で――電話をかけてくることは多かったが、自分の詩に関して話をすることはほとんどなかった。原さんは散文でも非常に息の長い、粘着質の文体を持っていたが、詩でも長編を得意とした……というよりも、日本の詩が短詩で書かれることが多いのを批判し、西洋の詩のような長編の叙事詩を日本語の現代詩でも実現しようとしていた。私のほうは、原さんに批判される恐れのある短い抒情詩ばかり書いていたのだが、それについては原さんは何も言わなかった。日本現代詩人会という日本の詩人にとって中心的な役割を果たしている会があって、私も入会したいと言ったところ、「入りたいなら推薦してやるから入れるが、入ってもたいしたことはない。それより、よい詩をどんどん書くことだ」と言った。私はその言葉を素直に受け取り、入会するのをやめた。

現代詩人会に入るのはやめたが、かわりに原さんは私を『同時代』という同人誌に誘った。その同人会を原さんは「ハイブロウな集まりだ」と言ったのを覚えている。私はその時まで『同時代』を知らなかったが、初代の創刊が一九四八年で終戦間もない頃であるから、歴史は古い。同人や寄稿者には小島信夫《こじまのぶお》、串田孫一《くしだまごいち》、瀧口修造《たきぐちしゅうぞう》、福永武彦《ふくながたけひこ》らがいたということで、錚々たるメンバーではあるが、この顔ぶれをみるとたしかに市井《しせい》の民衆詩人や在野の小説家というよりは、高踏《こうとう》的な学者系詩人や高邁《こうまい》な哲学系批評家、小説家の集まりであり、「ハイブロウ」という形容は正鵠《せいこく》を得ている。私が参加した時、『同時代』は二期目の中断から三年を経て、ちょうど三期目の復刊を迎える時だった。その再開のパーティーには、初期の寄稿者であった中村真一郎《しんいちろう》さんが招かれてあいさつをした。ざんぎりにしたような銀色に輝く髪をゆらし、真白いマフラーを両肩からかけ、ステッキを持って話すその姿に私は強烈な印象を受けた。一九九六年のことだから中村真一郎さんは七十八歳であったが、残念なことに、その翌年に亡くなった。

『同時代』は年に四回ほど発行されただろうか。原さんは毎号、詩作品を載せていたと思う。私も詩やエッセイを載せてもらっていたが、正直に言ってこの同人誌自体はあまりおもしろいものとは感じられなかった。出版元であった舷燈社《げんとうしゃ》の社主もそれには気付いていて、とにかく書店に置いても売れるようなものではない、とこぼしていた。同人誌であるから売れることは考えなくともよいのかもしれないが、出版社としては多少なりとも売れるもののほうがよいことはたしかだし、少なくとも初期の頃の『同時代』はかなりに識者の注目を集めたはずだ。けれどもこの時点の『同時代』は、その題名とは裏腹に、高齢化した同人の意識が、既に同時代を見失って過去の再現に精を出しているような感じがした。いずれにしても、同人の中で最年少だった私は（といっても三十代半ばだが）もっと本当に「同時代」的なものにすべきだと思った。それは舷燈社の社主もまったく同じ意見だったので、相談して、ある編集会議の席上で意見を述べることにした。「現代に照準を合わせ、一般の人にも目を向けてもらえるような、もっと書店で売れる内容にすべきです……」という意味のことを私は言った。それに対して他の人たちがどんなことを言ったか覚えてはいない。ただ、後になって、原さんは私に「あれは君の思い上がりというものだ」と言った。言い方は穏やかだったが、厳しい言葉遣いだと感じて私はドキッとした。私が原さんからそういう言葉を受けたのは、後にも先にもその一度きりだった。

『同時代』にもっと若く新しい感覚があるべきだということでは、原さんも同じ気持ちだったのだが、それと一般受けすることを目指すのとはまったく違うことだろう。純文学が「ハイブロウ」なものであるべきだという点では私も異論はないのだが、それが往々にして大学教員的な世界に閉じこもることに私は反対したつもりだった。しかし、そういう私自身もまさしく大学教員であり、詩文を売って身を立てられるわけではなかった。若かった私は文学での自活という「夢」に拘《こだわ》っていたのだが、たしかに思い上がっていた。それに対して原さんは常に、一般の世界からではなく、大学的なレベルから文学に新機軸を打ち出そうとしていた。

私は二冊目の詩集を出す時に、原さんに序文を書いてもらおうと思った。詩の原稿を仕上げ、そのコピーを持参してお願いすると、ひと月くらい経ってから、序文ができたと電話がきた。数日後、お昼に早稲田の高田牧舎《たかたぼくしゃ》というレストランでお会いしたのを覚えている。原さんが書いた序文は、二百字詰めの原稿用紙で二十枚近くもあった。手短で簡単な序文をお願いしたつもりだった私は、その分量の多さと懇切丁寧な内容に驚き、そしてありがたさに涙がこぼれた。

原さんは毎年十一月の初めに銀座の画廊で書道展を開くことになっていた。夏の間、黒姫の別荘にこもって作品を書き上げ、業者に額装をしてもらって、十一月に展覧会を開くというスケジュールだった。原さんに詩集の序文を書いてもらってから数か月後、書道展の始まる前日に電話がかかってきて「君のを書いたから見に来てくれ」と言われた。私は何のことかわからなかった。

翌日、銀座の画廊に出かけた私は、道路に面したウィンドウの中に、私の詩集の巻頭に置いた四行詩をしたためた原さんの書額を見つけてびっくりした。嬉しいと同時に恥ずかしさがこみあげてきた。原さんはにこにこしながら「売れないように売約済みにしてあるぞ」と言った。原さんはそれを当然私が買うものと思っていた。けれどもその時の私は、やはり若かったのである。自分が買うよりも、誰か他の人に買ってもらえるほうが嬉しい気がした。私は買わないままで画廊を出たのだが、原さんはいかにも意外だという残念な表情をしていた。私が原さんの想いを深く感じとったのは、その翌々日のことだった。画廊に電話すると、その書額は買いたい人がいて商談中ということだったが、私は書いてある詩の原作者だからこちらに売ってくれと言って無理やりに買った。

原さんが「墨戯展」と銘打った書道展を毎年開いていたのは、銀座の七丁目で、銀座通りから有楽町方向の反対側へ二区画奥へ入ったところにある長谷川画廊だった。入り口から奥へ細長く延びた一室なのだが、画廊というにはいささか妙な空間だと思っていたら、あとでそこが、かつて「はせ川」という小料理屋だったと知って驚いた。「はせ川」は昭和初期から文人のたまり場となっていた有名な店で、私がその名を知ったのはたしか小林秀雄の文章の中でだったが、井伏鱒二や横光利一《よこみついち》はじめ、特に文藝春秋関係の作家たちが通った料理屋だった。それから半世紀近く経って、この店は画廊に鞍替えしたのであり、無論、原さんはそのことを知っていて、みずからの個展はこの場所と定め、毎年同じ十一月の初めに一週間展示する予約を入れていたのである。

原さんは詩人として詩を書き、学者として文学を研究し、教育者として大学で教えて、そのいずれにおいても常人には及び難い域に達していたが、もっとも自在で本質的な世界を展開したのは書においてであったと私は思っている。四、五歳の頃から筆を持ち、字を書いて遊んでいたという、まさに「墨戯」と共に生きてきた原さんにとって、書はたしかに自己の魂に直結するものだった。

原さんは『筆蹟の美学』という本も書いていて、万葉の歌人から昭和の作家、そして日本のみならず中国や英字に至るまでの筆蹟の美について縦横無尽に論じているのだが、つまるところ「書は人なり」を証明しているのであり、それは専門であった文体論の「文は人なり」と軌《き》を一《いつ》にしている。

原さんご自身の書を見ると、私は何よりも、繊細極まりないやさしさを感ずる。それは原さんの一見豪快な言動とは不釣り合いな、今にも折れるかと思われるような筆の線からにじみ出てくるもので、それはまた、あたかも夕暮れの風にふるえる一本の葦《あし》にも似た孤独な魂の形が墨蹟になって現れたようにも見える。

原さんはお名前の子朗の「朗」をへんとつくりに分け、「良月」として書の号に用いていた。名筆家として知られる良寛《りょうかん》を引き合いに出し、「昔、良寛。今、良月だ」と笑って言った。名前ばかりではなく、原さんの筆跡はその清冽《せいれつ》さにおいて良寛と相通ずるものがあると思われるが、良寛が天真爛漫な伸びやかさをみせているのに対して、原さんの書にはどこか屈折した傷つきやすさのようなものが感じられてならない。

自分の詩の書額を購入して以来、「墨戯展」に毎年伺うたびに私は何かしら作品を買わせてもらった。一回の展示には二十点程の作品が出されていたが、一目見て欲しくなる作品が必ず二、三点はあった。中でも、江戸時代の文人画家、池大雅《いけのたいが》の「釣便図《ちょうべんず》」を彷彿とさせる画に「釣れるのはかなしみばかり」と記した作品は、見たとたんに魅き込まれ、買うことを即断した。

原子朗「釣れるのはかなしみばかり　良月」

後日、自宅に送り届けられたこの書額を見ているうちに私の中に言いようのない想いが渦巻き始め、それが自然と言葉になってあふれ出てきた。そのようにして、いつの間にか一篇の詩ができていた。この詩は、私が書いたというよりも、原さんが私を通して書いたのだと今でも思っている。

釣り糸

大八木敦彦

みずからの心に釣り糸を垂らしてみる
生きているものの何一つない心に
えさも付けず鉤《はり》さえも付けずに
ただ悲しみの重りを付けて沈めてみる

青い空に釣り糸を垂らしてみる
やがて巨きな　骨まで透明な魚がかかって
僕は逆に釣り上げられてしまい　空の底に沈んで
揺らめく空の水面の彼方に廻り行く地上を眺める

天の川に釣り糸を垂らしてみる
冷たい星屑に膝までつかって
無限の闇に重りを沈めながら
夢の破片《かけら》が流れて行くのを見送る

『定本 宮澤賢治語彙辞典』を刊行して以後は、原さんからの電話が途絶えてしまい、銀座での「墨戯展」の案内も来なくなった。お身体が悪いとの噂も聞いたので、お見舞いに伺わなければと思っていた矢先の訃報だった。せめて最後にお会いしておくべきだったと思うと同時に、一度秋田に行ってみたいと原さんが繰り返し言っていたのを、遂に実現できなかったことが悔やまれてならない。

急な葬儀で私は上京できなかったので、ひと月ほど経ってから原さんのお宅にお伺いしてご焼香をした。幾度かお邪魔したことのある練馬のご自宅の応接室に入ったのは数年ぶりで、その部屋を思いのほか小さく感じた。かつて原さんがソファーに座り、ぎょろりとした眼でこちらを見ながらよく響く笑い声をあげていると、その部屋は、文学の夢の充満した無辺際《むへんざい》の宇宙につながる巨きな空間に感じられたのだ。

祭壇に飾られた写真の原さんは、にこやかに笑みをたたえていた。それを見ながら私は、かつて原さんが講演をした時の言葉を思い出した。演題は宮澤賢治についてだったが、その中で原さんは、この世で生きている間にはさまざまな縁があり、縁によって生きることができているのだから、縁を切ってはいけない、と言った。そして、絶対に切ってはいけないんだ、と噛《か》みしめるように繰り返した。原さんの遺影を見ながら、私は原さんとの縁が切れることは決してありません、と心の中で誓った。

まだまだ思い出は尽きないのだが、最後に原さんの詩の一節を紹介してこの文を閉じることにする。ちょうど私が原さんと初めて会った頃に出版された詩集『空の砂漠』の中の一篇である。

出会いの歎語　　原子朗

ぼくらの一生は出会いの一語につきる
ぼくらは生物の一員ではあるが
多くの出会いに作用されることで
他の生物たちとはげしくことなる
限りない大小の出会いの中から
ぼくらは選択し　屈折し
飛躍し　分裂し　あるいは成就し
あるいは破滅を余儀なくされる
生きながら多くの死者たちと出会い
出会うことで新たな自分と出会い
とうとう自分の死と出会っておわる

引き出しの中の宇宙あるいは乾燥した記憶

子どもの頃、机の引き出しは自分だけの宝物をしまっておく秘密の場所だった。そこには鉛筆や消しゴムや物差しのような文具と一緒に、お菓子のおまけのおもちゃ、怪獣のカードはもちろん、道で拾った金色の鎖の切れ端、気泡の入った粗末なガラス瓶、すべすべした丸い石ころ――そういう、大人から見れば何がおもしろいかわからないが、当人にとってはこの世でただ一つの宝石にも等しい品々が大事にしまわれていた。机の引き出しはいわば、子どもの夢の詰まっている小さな宇宙であって、かのドラえもんも物語の初めには、のび太の机の引き出しから飛び出してきたはずだ。

木村正樹《まさき》さんのオブジェは古い家具の引き出しに詰め込まれた少年の宇宙であり、はかない夢の標本である。木村さんがあてどもない散歩の先々で拾い集めてきたとおぼしき物体――切れた真空管や朽ちたシャンパンの栓、また、干からびた木の実から陶器の破片にいたるまで、それらは無用の物としてこの世の端に捨てられていたものには違いないのだが、たしかにこの大宇宙の生命を宿している。そのことに気付いた木村さんは、どうしてもそれらを拾い上げずにはいられなかったはずである。

オブジェの中に焼き印で刻み込まれているのは木村さんの敬愛してやまない宮澤賢治の詩句だが、それは賢治が子どもの頃、石コ賢さんとあだ名されるほどに道端の石を愛好し、石によって宇宙との交信を開始したことへの、木村さんのオマージュであるのは論を待たない。

これらのオブジェは、一見、がらくたの寄せ集めにしか見えないかもしれないが、実際は木村さんの緻密なバランス感覚と、若き日に家具職人を目指したという、頑丈だが繊細極まりない指先によって絶妙に構成された非常にユニークな芸術作品である。いつの時代にも、見る人に気に入られようとする表面的な美しさにとらわれた作品ばかりが氾濫《はんらん》している中で、このように美を放棄し、見られることを無視しているかのような異様なオブジェの価値を知る人が、果たしてどれだけいるだろうか。そういう意味で、これらのオブジェは作品のほうがむしろ見る人を選び抜き、飾られる場所を厳しく限定している。

私が一番初めにこれらの作品を目にしたのは、大きな展示場の明るい光の中であったが、その時には迂闊《うかつ》にもこれらのオブジェの本当の意味に気付かなかった。

二度目に見たのは、古い農家を改築して蕎麦《そば》屋にした座敷の床の間に、うっすらと埃《ほこり》をかぶった雑誌と一緒に飾るともなく置かれていた時である。その長く大きな時間の堆積した仄《ほの》暗《ぐら》い空間で、木村さんのオブジェが化石した夢のように言い知れぬ輝き――正確には輝かしい闇――を発しているのを見た時、私は静かな、しかし深い興奮を覚えた。引き出しに詰め込まれた、いずれもこの世の時間の手から解き放たれたかのような品々の乾燥した記憶が、日常の底に潜む本当の永遠の美を私に教えてくれた。

そのようなオブジェを発表の場もないままに、こつこつと作らずにはいられない木村さんは、残念なことに現在の美術界ではいまだに無名に近い存在であろうが、紛れもない真正の芸術家であると私は信じている。一体に芸術家は自己中心的でわがままなものであるが、わがままでも気の強い（ある意味、明るい）タイプと、わがままでありながら気の弱い（つまり暗い）タイプがある。前者は思いのほか、世間に認められやすく世渡りも上手かったりするが、後者は周囲に誤解されやすく、本人も生き辛い損なタイプである。木村さんは明らかに後者であって、確固たる自己主張を持ちながら、それを常にハニカミに潜ませて無器用に生きている。しかし無器用に生きるとは、この世界と宇宙とに衝突しながら、みずからの身体に宇宙を刻み、同時に宇宙にみずからの痕跡を記すことであって、その互いの傷跡が芸術作品と呼ばれるものに他ならない。木村さんのオブジェに詰め込まれた宇宙に感じられる痛み……そこには、木村さんが、みずからの生をも既に過ぎ去った記憶のようにして日々を過ごしているさまがありありとうかがえる。

木村正樹「オブジェ」

無欲の人

先日、郷里の福島で法事があった。寺の住職は、私が秋田に住んでいると言うと、秋田なら等観《とうかん》さんのお寺をご存知でしょう、と言った。土崎に西船寺《さいせんじ》というお寺があり、そこが多《た》田《だ》等観《とうかん》という有名なお坊さんの生家だと教えてくれた。

私は等観のことを知らなかった。秋田へ戻ってから、多田等観に関して調べ、深い感慨を覚えた。秋田出身の傑出した人物として、歴史にその名の刻まれる存在であることは疑いない。

多田等観（一八九〇～一九六七）は僧であり、チベット仏教の研究者でもあるが、稀代の冒険家と言ってもよい。無論、等観自身は冒険しようと思ってしたわけではない。大正初期にヒマラヤのふもとの秘境、チベットを目指すことは、生死をかけた冒険にならざるを得なかったのだ。

等観の旅行記のおもしろさは比類がなく、仏教の経典を求めてインドへ旅した孫悟空たちの「西遊記」を連想させる。当時、チベットは政情不安で、入国をイギリスが監視しており、等観は怪しい人物としてマークされた。それで等観は、逆方向へ向かうと見せかけて監視の目を逃れたり、行く先々でネパール人やチベット人に変装したりと、スパイ顔負けのことをしている。

はだしでイバラの道を歩き、空気が薄いので十歩進むごとに倒れ、人家にも入れてもらえず、屋根の上に寝泊まりしながら、等観は着の身着のままでヒマラヤを越える。チベットへ着くと、外国人としては初めてチベットの僧院での修行を許される。それから十年余、修行を続けるのだが、富士山よりも高い地域での暮らしぶりもまた奇想天外で、毎日が冒険の連続のようだ。

仏教はインドで生まれたのだが、その教えをもっとも純粋なかたちで伝えているのがチベット仏教である。それゆえに等観はチベットへ赴《おもむ》くことになったのだが、当人は本当はチベットへ行きたいと思ってはいなかった。等観がまだ京都の寺院にいた頃に、チベット僧の世話をするという栄誉ある任務を果たしたのも、無理やりおしつけられて断われなかったからだ。チベットへ渡る時も本気だったのではなく、途中のインドまで行って引き返すつもりだった。等観は常に、自身の意志に反して大きな運命の波に巻き込まれ、その結果として偉業を達成したのである。

運命を引き寄せるのは、才能と人柄である。十三世ダライ・ラマが外国人の僧に、しかも弱冠二十一歳であった等観に、みずからの名の一部を与えて（本名の「トゥプテン・ギャムツオ」から「トゥプテン・ゲンツェン」という名を与えた）弟子にしたのは、等観の聡明さを見抜いたからだろう。同時に、ダライ・ラマは等観の無欲な人柄に心底惚れ込んだに違いない。

私は等観の手記や講演録を読んで、そこに無類の素直さがにじみ出ているのを感じずにはいられなかった。素直さというのは、自分の境遇を受け入れてそれに従い、精一杯の力を尽くすことである。私たちの生きているこの世界で、本当に純粋に何かをするということは、人のためではなく、自分のためでもない。誰かのため、何かのためということ自体、欲であり、煩悩《ぼんのう》だろう。何かのためという意識を持たずに、ただ、眼の前のいかなる困難なことも淡々とやってのけるような無心の境地に入ることが、等観は実にすんなりとできた人である。

チベットで僧の最高学位を得た等観は、宝物《ほうもつ》ともいえる二万四千余の経巻《きょうかん》を携えて帰国した。今日でいえば高卒だった等観が、東大、東北大、慶應大、そしてカリフォルニア大に招《しょう》聘《へい》されたのは、その深い学識と人格が尊ばれたゆえだろう。さらには学士院賞も受けて、名実ともにチベット仏教の第一人者と認められた。

一九六七年、等観は数奇な運命の生涯を閉じた。本年はその没後五十周年にあたる。等観が戦時中、疎開してなじみのあった岩手の花巻では、今年の夏、五十周年にちなむ等観展が花巻市博物館で開かれた。

等観の郷里の秋田で、そのような催しのなかったことをいささか寂しく思いながら、私は先日、西船寺にある等観の墓へ詣でた。等観の墓石は、こじんまりとした五輪塔《ごりんとう》だった。多田等観の名は塔の下のほうに小さく刻まれており、供えた花の陰に隠れて見えなかった。

音楽のある人生の喜び

ヴァイオリンを愛奏することで知られる国際社会学者の中嶋嶺雄《なかじまみねお》さんが、学長を務める国際教養大学で「私と音楽」と題する講演会をおこなった。本来は講演の後で、ヴァイオリニストの渡辺玲子さんとのデュオ・コンサートというプログラムだったが、当日、急遽予定を変更し、講演の前に「２つのヴァイオリンのための協奏曲」（バッハ）を中嶋さんと渡辺さんが演奏した。

二〇〇八年末に完成したばかりの秋田杉の香り漂うレクチャー・ホールに響き渡る二人のヴァイオリンに耳傾けているうちに、私には、講演に先だって演奏をおこないたかった中嶋さんの気持ちが非常によくわかってきた。それほど、このデュエットの演奏は、後の講演に負けず劣らず音楽の意味を雄弁に伝えていた。

おそらく中嶋さんはヴァイオリンを趣味と言われることを好むまい。それは、中嶋さんの演奏が玄人《くろうと》はだしのものだからではない。たとえ音楽で生計をたてているプロの演奏家でなくとも、音楽が生きるために絶対必要であるような人にとっては、それが（単なる余暇の楽しみという意味で）趣味というような軽い言葉で呼ばれることは嬉しくないはずだ。

そもそもヴァイオリンという楽器は、生半可な練習で音の出せるものではない。無論、ピアノであろうと声楽であろうと、習得のために長く苦しい練習が必要とされるのは、プロもアマチュアも同じことである。そのような努力の積み重ねがあって初めて味わえる本当の音楽の喜びは、人生の苦楽とそのまま重なるものであり、それであればこそ、人生を音楽から学ぶことができ、また音楽によって人生が救われることもあるのだ。

十歳の頃から今日まで六十年以上の間、ヴァイオリンを弾き続けてきた中嶋さんの演奏に私が何よりも感じたのは、中嶋さんの音楽に対する絶対的な愛であり、同時に音楽を愛することのできる人生の限りない豊かさだった。

中嶋さんがヴァイオリンを学んだスズキ・メソードは、音楽による幼児教育法として今日では世界的に知られており、渡辺玲子さんもこのスズキ・メソードによってその類稀《たぐいまれ》な天分を見出された一人である。

スズキ・メソードの核心を中嶋さんは、反復と継続、それによる暗譜であるとし、反復の重要性に比べれば、先へ進むことは必ずしも大事ではない、と言い切る。これは学ぶほうよりもむしろ指導する側にとって根気のいる教育法かもしれないが、それによってどんな子どもの才能も確実に伸びていくのだ。

また、中嶋さんは才能と天分をはっきりと区別している。すなわち、天分はごく限られた人にのみ与えられているものだが、才能は誰もが等しく持っているものだ。音楽を生業とするためには天分が必要である。しかし、音楽によって人生を深め、日々を豊かにすることは才能を伸ばしさえすれば誰もができる。

スズキ・メソードの創始期にヴァイオリンの才能を伸ばす機会を得た中嶋さんは、それだけで非常に幸運だった。私が中嶋さんの演奏に感じたのは、たしかに、そのようにして音楽と共にある人生の喜びの音色だった。

講演はスズキ・メソードの紹介を中心に、ヴァイオリンの歴史や構造の説明から、中嶋さんの専門分野である世界の変革とグローバル化に及び、最後に再び渡辺玲子さんとのデュエットでベートーヴェンのメヌエットが演奏された。

休憩をはさんで渡辺さんのソロ演奏がおこなわれたが、十七世紀に製造された名器ブゼットから紡ぎ出される、その精緻極まりない音色の輝きが、窓外の青葉若葉にきらめく日の光と妖しく交錯するさまに私は陶然となった。

音楽による秋田の活性化をめざすNPO法人「おんぷの会（秋田県音楽普及協会）」が主催したこの講演会は、会場のすべての人に音楽の喜びを伝え、まさに至福のひとときを提供したのである。

音楽と共にあった人生

去る二〇一三年三月十七日に国際教養大学で、中嶋嶺雄学長の大学葬がおこなわれた。式の最後、献花の際にはパッヘルベルのカノンが流された。それは昨年の末に、中嶋さんを中心に学生が合奏した時の録音だった。中嶋さんは学者としても教育者としても他の追随を許さないご活躍をされたが、その人生を根幹から支えていたのは常に音楽だった。

四年前の二〇〇九年に、中嶋さんは音楽をテーマに講演会を開いたことがある。その感想を私が地元の新聞に寄せたところ、中嶋さんから手紙と『音楽は生きる力』と題された著書が届いた。手紙には「小生と音楽とについて、このように正しく書いていただいたことは生涯でも初めてで、嬉しく思います」とあった。

中嶋さんは社会学を専門とし、中国研究の大家であるが、同時に音楽をこよなく愛し、特にヴァイオリンを「心の糧《かて》」としていた。その後も中嶋さんとは個人的に何度かお会いしたが、私は音楽の話しかした記憶がない。それほど仕事を離れている時の中嶋さんは、音楽に対する情熱を一番に感じさせた。中嶋さんは心底では音楽家になりたかったのではないか、と私は今でも思っている。

長野県松本市に生まれた中嶋さんは、スズキ・メソードで知られる鈴木鎮一《すずきしんいち》が設立した松本音楽院の第一期生としてヴァイオリンを習い始めた。その門下からはたしかに、豊田耕兒《とよだこうじ》、江藤俊哉《えとうとしや》、渡辺玲子らの世界的なヴァイオリニストが輩出している。けれどもスズキ・メソードという幼児才能教育は、いわゆる英才教育ではなく、また、演奏家を育てるためのものでもない。

才能は生まれながらに誰もが持っており、教育はそれを伸ばすためのもの。したがって、子どもが何かをできないならば、それは才能がないのではなく教育が間違っている——そういう信念のもとに、子どもの才能が必ず伸びるように教育をくふうするのがスズキ・メソードである。

実際、鈴木鎮一は幼児からの教育で、誰でもヴァイオリンが弾けることを証明した。その中に、たまたま演奏家としての天賦《てんぶ》の才に恵まれた者がいれば、ヴァイオリニストとして活躍することもできるのであって、その点を混同してはならない。それは、日本人であれば皆、日本語は使えるが、誰もが作家や詩人になれるわけではないのと同じである。

中嶋さんは松本音楽院を母体とする才能教育研究会の会長でもあり、外国語教育に関しても音楽教育と同等に考えていた。つまり、人間が等しく母国語を習得できるなら外国語も習得できるはずだ、と。そのために必要なのが「反復」と「暗記」であることも、音楽の練習とまったく同じだ。

ここで忘れてならないのは、スズキ・メソードは単に楽器の演奏を目標にしているのではないことだ。演奏によって、美しさを愛し美しさを生み出す精神を身に付け、音楽を心の糧として生きていく力を育むことが真の目的なのだ。中嶋さん自身がそのように音楽によって生きる力を得ていたことは、先にあげた著書のタイトルが示すとおりである。

中嶋さんは高校生の時、生家の薬屋が破産して家屋敷すべて人手に渡ったが、ヴァイオリンだけは手放さなかった。大学生として六〇年安保闘争の時代に学生運動の先頭に立ちながらも、アマチュア・オーケストラでコンサートマスターを務め続けていた。

中嶋さんがみずからの理想の大学として創り上げた国際教養大学は、英語と同時に、音楽というもう一つの世界共通語を学ぶ大学でもある。一方で、単位認定が厳しく、卒業率が全国一低くて五十パーセントを切るという現状は、過酷とも思われるかもしれない。けれども、その甘やかさない厳しさも、裏を返せば「やれば必ずできる」学生の才能を信じればこその教育法であり、スズキ・メソードの青年版とも言える。

何年か以前、私の家で古いヴァイオリンを中嶋さんにお見せしたことがある。それは私の祖母が弾いていた昭和初期の鈴木ヴァイオリンで、中嶋さんは思いがけず旧知の友と再会したように見つめていた。その日は元国際連合事務次長の明石康《あかしやすし》さんもご一緒だったが、中嶋さんは、やおら調弦をすると、その場でバッハの「ブーレ」を弾き始めた。さすがの明石さんも呆気にとられていたが、いったん弾き始めると、中嶋さんはもはや音楽のこと以外一切視界に入っていないようだった。あの時のように今も中嶋さんは天上で、ヴァイオリンを奏で続けているに違いない。

天上に響く歌声

テノール歌手の本田武久《たけひさ》さんがお亡くなりになった。

ガンの一種である胞巣状軟部肉腫《ほうそうじょうなんぶにくしゅ》という治療法のない難病と闘いながら、信じ難いほど精力的に演奏活動を続けていた本田さんの姿は、テレビや新聞でもしばしば報道され、多くの人を励まし勇気づけていた。ガンが全身に転移しても、満面に笑みをたたえて客席に語りかけながら、のびやかな歌声を聞かせる本田さんの姿が、もはや見られなくなってしまったかと思うと、悲しみに堪《た》えない。


山形大学を出て、故郷の秋田で一旦教職に就いた本田さんは、声楽家としての道をあきらめきれず、苦学して東京藝術大学に入学し、二〇〇五年に三十四歳で卒業した。その後、各地でリサイタルを開催するようになったのだが、当時から本田さんは、どんな会場でも、どんな条件でも、歌うことができるなら歌いたいという必死な思いであった。

本田さんはかつて佐野春子さんにピアノを習っており、佐野さんが理事長を務める「おんぷの会」に所属していた。私も会員であった縁で、二〇〇七年の夏と秋に秋田で二回のリサイタルを企画させてもらった。いずれもたいへんに好評で、本田さんのご希望を受け、三回目の企画を始めていた。その矢先、不意に電話で発病を知らされた。本田さんは電話の話し声もたいへん美しいので、私は受話器の向こうの声にいつも聞きほれてしまうほどだったが、この時だけはさすがに暗く沈んだ声だったのが今でも忘れられない。

一口にテノールといってもさまざまな声があるが、本田さんの声はひときわ高い響きであり、声質も真っ直《す》ぐで澄みきっている。それはちょうど青い空に真っ白く一筋伸びる飛行機雲を思わせた。テンポを大きく揺らさず、ビブラートも極力抑えて、無用な飾りをつけない素直な歌い方には、本田さんの人柄がそのまま表れていた。

本田さんは手紙の筆跡を見ても、線を崩したりつなげたりするような大人びた「くせ」のまったくない丁寧な楷書体で常に書いていた。その不器用なほどの真面目さには、歌い方と同じ、いわば永遠の少年のような純真な心持ちが感じられた。

本田さんは日本の声楽曲は無論、フランスの歌曲やドイツのリートまで幅広いレパートリーを持っていたが、もっとも好きで得意としていた曲は「落葉松《からまつ》」（野上彰《のがみあきら》作詩・小林秀雄作曲）であったと思う。小さなリサイタルでも、この曲はプログラムに必ず入れていた。無数の金色の針のような葉を全身にまとった落葉松が、晩秋の曇った空の重みに耐えて立っている。冷たい雨に濡れて立ち尽くす落葉松と、それを見つめる「わたし」の孤独を、聞く人の胸の奥底にひしひしと響かせながら、透明に昇華された悲しみを歌い上げる本田さんの

「落葉松」はまさに絶唱であり、これを超える演奏を私はまだ知らない。

発病率が一千万人に一人ともいわれる不治の病も、そのような本田さんの歌声を曇らすことは、最後までできなかった。むしろ、病ゆえに声量は落ちても、生命の純粋な輝きに満ちた本田さんの声は以前よりつややかさを増し、あたかも白磁器の肌のような清らかなぬくもりも示すようになった。


本田さんは生来、周囲への細やかな気配りを欠かすことがなかったが、発病後も、みずからの悩みや苦しみを人に見せることはほとんどなかった。逆に、病に侵されてから一層、周りの人を気遣うように明るく振る舞い、はにかむような笑顔を絶やさなかった。私はそんな姿を見るたび、あの小柄な身体のどこに、あれほど強靭《きょうじん》な精神力が宿っているのかと驚くよりほかなかった。

本田さんのリサイタルを企画していた時、私の知り合いの女性がそのことを聞いて、モーツァルトの「アヴェ・ヴェルム・コルプス」を歌っていただけるようお願いしたい、と言った。本田さんに伝えると、「了解しました。ただ、当日のプログラムでは、たとえアンコールにしても、プログラム全体と曲調が合いませんので、コンサートの後でお聞かせします」と返事が来た。

当日、リサイタルが終わり、他の客が皆帰ってから、本田さんはリクエストした女性がただ一人座っている客席を前に「アヴェ・ヴェルム・コルプス」を歌った。女性は泣きながら、本田さんの歌を聞いていた。その時の録音を今聞き直し、たしかに本田さんはいつでも、歌を聞かせようというより、祈りを伝えようとしていたことにあらためて気がついた。発病後、その気持ちはますます強いものとなり、歌はすべて、生命の輝きを見つめ、生きていることを慈しむ魂の声となった。その無垢な祈りの歌声は、人々の胸に沁みいり、はるかな天にまで響き渡っていたように思う。

芸術の教育は可能か？

文学を専門とする私としては、作家や詩人を教育によって生み出すのは不可能だと言わざるを得ない。芸術には生得《せいとく》の才能が必要であり、真の才能は（ある程度、環境に恵まれている必要はあるが）学校教育などとは無縁のところで、必ずおのずから開花するものであろう。大学の文学部は基本的に、作品の学問的な研究をする部署であって、作家や詩人を育成するための機関ではない。それに対して美大や音大のような芸術系の大学は、初めから画家や音楽家の教育をするために設けられている。作家や詩人を養成する大学はないが（芸術学部の一部としてないこともないが、養成に成功する率は低いだろう）、画家や音楽家は（たぶんかなりの割合で）大学で育てられているということは、考えてみればおもしろい。

なるほど、詩や小説を書くための言葉は、成長と共に皆自然と身に付けてひと通り使えるようになる。けれども絵を描いたり楽器を奏でたりは、誰もができるわけではなく、専門的な技術を習得しなければ無理である。そういう意味で、例えばデッサンや音階のような基礎的な練習から、高度な作品制作や演奏活動に至るまでの修練が大学でおこなわれるのは、当然と言えば当然かもしれない。しかし問題は、芸術が単なる技術だけでは成立しないという点である。

以前、ドイツの音楽大学に留学した演奏家に聞いた話だが、大学の先生は授業でたびたび学生を近くの森に散歩に連れて行くのだそうである。先生は森の中で立ち止まり、耳をすましなさい、と言う。風の音、木の葉のざわめき、鳥の声、その合間の静寂。君たちの奏でるべき音楽のお手本はすべて、ここにある。それ以上、私に教えるべきものは何もない……と。つまり、芸術において本当に教わるべき相手は、周囲の自然（正確には、自分自身をも含めた宇宙の全体）だということであり、それは音楽のみならず美術においても文芸においてもまったく同様の真実なのだが、それに気付かせることができれば、おそらく芸術系大学の最大の役割は果たせるのではあるまいか。

ピアノは友だち――子どもに対する指導についての雑感

先日、あるピアノ・コンクールを聴いた。

会場は仙台の楽器店のホールで、百人も入れば一杯になるくらいだった。秋田市ではコンクールがアトリオン音楽ホールや市の文化会館で開かれることが多いので、今回のようにステージもない場所で聴くのは初めてだったが、演奏者を間近で、目線の高さで見ることができたために、今までにはない感想を得た。

私は音楽の指導者ではないので、自分の感じ方が正当なものかどうか自信はない。けれども、客席で自分なりの採点をして、最後に審査員の発表した結果と合わせてみたところ、九十八パーセントの割合で一致していた。それゆえ、自分の感想がそれほどまとはずれなものではないとも思う。

私が聴いたのは、このコンクールの東北地区予選、小学校三、四年生の部門で、五十人ほどの出場者がおり、そこから奨励賞と優秀賞を選ぶものだった。奨励賞は約二十人、優秀賞は五人で、優秀賞を受けると東京での全国大会に推薦される。この優秀賞の五人のうち、特に二人の演奏者に私は強い印象を受けた。

一人はまず、ピアノの前に座っただけで何とも言えない落ち着きを感じさせた。それはピアノの前が自分にとって、この世界のどこよりも一番よい場所であるということを知っているような雰囲気だった。それから彼女は、補助ペダルを試し踏みした。つま先で軽くペダルを踏む様子は、ちょうど指先で鍵盤に触れるのと同じ繊細さを漂わせていた。その動作は、ピアノという親友に対して「これから一緒に曲を奏でましょうね」と声をかけているように見えた。彼女が心の中でそう言っているのが、私にはたしかに聞こえる気がした。この一瞬で、まだ演奏が始まらないうちに、私はこの子の演奏の素晴らしさを確信した。果たして、その演奏は予感通りみごとなものだった。

もう一人、私が眼を惹きつけられた子は、演奏している時の横顔に得も言われぬ幸福感が表れていた。その表情からは、音楽のリズムに完全に浸り、メロディーに没入していることが見て取れた。リズムに合わせて身体をゆすったり、メロディーを歌わせようと頭を振ったりすることは一切なく、上体は静止しているのだが、体内に音楽がしみ込んでいることが表情からありありとうかがえた。それは、たとえ私の周囲が真空になり、音が遮断されてまったく聞こえない状態だったとしても、彼女の演奏が優秀であることはわかったと思われるくらいだった。

この日のコンクールでは、ピアノのテクニックや解釈以上に、このような演奏の様子に私は胸を打たれた。聴衆に向かってお辞儀をする際には、皆一様に緊張した面持《おもも》ちを隠せない。

そうして、ほとんどの子どもはその表情のまま、必死にピアノと格闘を始める。本人はたしかに真剣なのだが、ピアノはそれに抵抗しているようでもある。ところがピアノの前に座ったとたんに、一転して落ち着きや幸福感を見せる子どもがわずかだがいて、そのような子の手にかかるとピアノは実に素直に澄んだ美しい響きを立て、時にはピアノのほうからひとりでに歌い始めているかのように感じられる。

無論、十歳前後の子どもとそれ以上の年齢では様子も違ってくるかもしれない。また、これを才能と言ってしまえばそれまでだろうが、私はどうもそれだけではないような気がした。

つまり、音楽をどのように感じて生きているかという違い……日常での音楽への接し方の問題である。演奏の上達のために多くの練習が必要なのは言うまでもない。しかし、それと同じくらいに、あるいはそれ以上に、子どもに対しては、生活の中で音楽の精神をどのように育み、ピアノという友だちと心ゆくまで遊ぶ楽しみをどのように教えてあげられるかが、家族や指導者に課せられたもっとも重要な課題であると思う。

95　第 1 章　旅してゆく人びと

オンライン授業の未来

感染症の大流行はしばしば歴史の転換点となる。それは感染症の治療や対策のために医学、細菌学、衛生学が飛躍的に発展する等の直接的な面のみならず、深刻な疫病を契機に、社会組織や文化の発達の面でも大きな変革がもたらされるからだ。代表的な例が十四世紀、ヨーロッパのペストで、膨大な数の農民が病死したために封建制度が崩れ、中世からルネサンスへの扉が開かれた。

二〇二〇年初頭から全世界に流行した新型コロナウイルスは現代の世界にどのような変化をもたらしたか。企業のリモートワークと教育機関のオンライン授業は、その大きな変化の一つに数えられよう。ポスト・コロナの今日でも、デジタル端末による遠隔作業や教育は一部で継続されており、ウイルスの流行とIT技術の進歩との交差により浸透したこの革命的な形態が、今後とも消えることはないと思われる。

新型コロナウイルス流行の初期において、小中学校は休校の措置《そち》をとり、長い場合にはそれが三か月にも及んだが、大学はいち早くオンライン授業での対応へと舵《かじ》をきった。私も大学での授業をおこなうために、パソコンでのテレビ電話的な会議システムの操作に慣れるまでには数か月を要したが、一旦慣れてしまえばこれほど便利なものはないと感じた。子どもの頃、読んだSF漫画の一コマに——作者は誰だったか、手塚治虫《おさむ》だったろうか——未来の学校では、通学せず、家で授業を受けられるようになっていて、テレビの中の先生に向かって子どもが勉強している絵があり、そんなことができるのだろうかと不思議に思っていたが、五十年経った今、それが現実のものとなったことにあらためて感慨を深くした。

もっとも、オンライン授業という先進的な形態の利点が認識される一方で、その弱点も指摘され、オンラインはあくまで新型コロナウイルス感染を防ぐための一時的な手段に過ぎないという意見も聞かれた。オンライン授業が始まって数か月経った頃に、私の知り合いのT教授が、「オンライン授業は理想の教育か」と題する記事を新聞に載せた。彼は電子機器を媒体にしたオンライン教育のもどかしさを訴えて、「理想の教育は、今はまだ教室の対面授業にある」と記事を結んでいた。私は彼の気さくで率直な人柄をよく知っていたので、学生とじかに接することのできない教育形態への疑問が呈されているのは、彼らしい当然の意見だと思った。

しかしながら、私自身はオンライン授業の利点と可能性を強く感じている。T教授は、アメリカの大学でもオンライン授業がおこなわれているが、大学生の八割近くがそれに対して不満だというデータを紹介している。けれども私の大学（T教授の大学とは別）の調査では、学生の七割近くがオンライン授業に「満足」と答えており、さらに「対面授業ができるようになってもオンラインを残してほしい」という意見が六割近くあった。これは正直、驚きだった。

私の大学は美術や工芸の作品制作を専門とする美大なので、オンラインによる教育は本来難しく、たしかに学生も専門の実技や演習では対面を望んでいる。一方で、教養科目や芸術学の講義、いわゆる座学ではオンラインのほうがよいと回答している。

座学の場合、対面だと大教室で多人数だが、オンラインは自室で一人で受けられるので気が散らず、教師と一対一の感覚で集中できるから、という理由が多い。また、対面では遠慮して質問ができないが、チャットを使えば訊きやすいともいう。加えてオンラインの利点は、通学の時間と費用がかからないことだ。ひょっとしたらこの最後の点が学生にとっては一番ありがたいのかもしれない。

教員の側からすれば、オンラインでは学生の反応がわからないのが難点である。学生のほうが教員のパソコン画面に自分の顔を映すことを「顔出し」と呼ぶが、「顔出し」で学生の表情を確認しながら授業をすることも可能ではある。けれども、学生側のパソコンのカメラを使うことで通信量が増加する金銭的負担や、背景に自室が映りこんでしまう等のプライバシーの問題を考慮する必要があり、私は基本的に「顔出し」をさせない。そうすると教員のパソコン画面では、学生の人数分に分割された黒いマス目が並ぶだけで、私はその黒い覆面《ふくめん》だらけの画面に向かって話をすることになる。初めのうちは何とも心もとなかったが、ある時ふと、ラジオのパーソナリティーはこんな気持ちなのかと気付き、そう思うと話しやすくなった。

つまり、顔が見えない相手に対して、どんな表情で聞いているのか、どんな話し方をすればおもしろいと思ってくれるのか――と、想像しながら話し方を工夫することが自分でも楽しくなってきたのだ。教師の側のその楽しさは、学生の側にも伝わっていると思う。黒板に板書するかわりに、画面に提示するパワーポイントを作成するのはたいへんだが、少しでもわかりやすい提示をしようと工夫して作ることも、それはそれでおもしろい。

オンライン授業が、教室でおこなうのと同じ授業をライブ配信するだけのものであれば、対面の単なる代替物に過ぎない。私はオンライン授業は対面授業と根本的にスタイルの異なる授業方法であり、そのために教員はオンライン用の新たな講義スタイルを生み出さなければならないと思っている。話し方自体がそうであり、講義室という空間で話すのと、マイクを前に学生のパソコンに向けて声を発するのとでは、発声法から異なってくる。オンラインで話すのは、先に述べたように、イメージとしてはラジオのパーソナリティーである。私の高校生の頃にはラジオの深夜放送が流行していて、私自身はそれほど頻繁に聞いていたわけではないが、聞き手の興味をそらさない話術が多くの若者をとりこにしていた。オンラインの話術のスタイルとして、私はそれを一つの理想とも感じている。

たしかにオンラインには機器や通信環境の整備に費用がかかることに加え、通信障害という致命的な弱点がある。しかしながら、一対一の疑似感覚を利用し、学生に対して教室でよりもむしろダイレクトに問いかけ、答えさせることもできるなど、使い方次第で対面よりも優れた教育を実現できる可能性がある。大学の講義は受講人数が多く、一クラスに五十人から六十人は普通で、場合によって百人を超えることもある。人数が多い授業はおこなう教員も受ける学生も負担が大きい。オンライン授業では、相手が十人でも百人でも同じ感覚で、人数の負担を感じずにおこなうことができる。

精神科医であり「ひきこもり」の研究で著名な斎藤環《たまき》さんは、対面は「暴力」であり、対面の機会が制限された新型コロナウイルスの流行によって、その暴力性があらためて顕在化したと言っている。人間同士がじかに接する際には互いの間に一種の圧力が生じ、好きな相手であれば、それを快感と感ずることになるが、通常は精神的な負担となる。対面は必然的に個人の領域への侵入であり、侵犯なのだ。

対面でなければ話がし難い――相手に伝わっているかどうかが確認できないと落ち着かない――と本能的に感ずる人は、相手に対するこの圧力のコントロールに長《た》けていて、暴力を好むタイプである。無論それは乱暴者の意味ではなく、そのような人は人付き合いが好きでコミュニケーション能力が高い場合が多く、いわばやさしい暴力が得意で、それが人間的魅力としても発揮されるタイプだ。一方、対面をなるべく避けたがる人は、他人によってみずからの領域が侵されることに敏感で、コミュニケーションへの興味よりも自己防衛の本能が強い。

両者の差異は、要するに性格面での外向的と内向的の違いとも言える。社会性を発揮して集団の中で活動するよりも、自己の内面を凝視しながら個人で作品を制作するタイプが多い美大の学生は、対面の暴力性に敏感なのではなかろうか。美術の作品制作は、数十人が教室に集まって受ける授業でも個人的活動として実行できる部分が多いので対面でも構わないが、講義はオンラインで済むのであれば、そのほうがよいという気持ちが私にはよくわかる。

かつてビートルズはそのキャリアの後半、ライブ活動をやめてスタジオ録音に専念した。ライブを中止したのは、聴衆の叫び声が大きすぎて音楽が聞こえなくなったからだとか、ジョン・レノンのキリスト教にかかわる発言でバッシングを受けたからだとか、さまざまな理由が重なったようだが、その理由の一つとして、人気の絶頂期にライブでの聴衆との関係が飽和状態になり、対面の暴力性を支えきれなくなったから、ということもあるのではないか。スタジオにこもった彼らは、対面性のない世界での音楽づくりに集中し、『サージェント・ペパーズ』をはじめとする新たな次元での革命的な作品を完成させてゆくことになる。

このビートルズの例と並べて論じられるのが、ピアニストのグレン・グールドだ。世界的な名声を得ながら、三十一歳の時に「コンサートは死んだ」と言ってライブ活動をやめ、以後演奏は録音や放送でしかおこなわなかった。この経緯についてはグールド自身が詳細に述べており、第一の理由は演奏家と聴衆の対立性で、聴衆は演奏家のあら捜しをする、という言い方をしているが、これもある意味、対面の暴力性の認識である。

ミュージシャンにはライブの得意なタイプと不得意なタイプがあると思うが、ビートルズのようにライブの限界を感じたり、グールドのようにコンサートの無意味を感じたりしても、ライブ活動の停止に踏み切る例はむしろ稀だ。たとえライブが不得意であっても、ミュージシャンは商業的、宣伝活動的な意味でライブをせざるを得ないのが実情であろう。ライブの得意なタイプは聴衆をのせる——あるいは、あおる——のが上手く、聴衆もまたのせられることを喜び、それは言い方を換えれば、対面の暴力性が最大限に発揮される修羅場を互いに楽しんでいることになる。そのようなライブの会場にいる聴衆はたしかにミュージシャンとの対面を望んでいるのだが、その場の暴力性に巻き込まれることをためらう者も（いかに少数であれ）必ずいるはずだ。

大きな会場のライブよりも、自室のステレオの前で一人、ＣＤに耳傾けるほうを好む人も少なくはないだろうし、また、純粋に「音楽そのもの」を鑑賞するうえでは、そのほうが理想的だと信じる人も多いはずだ。学生が対面よりもオンラインのほうが授業に集中できると感ずるのは、その意味でも自然なことであり、それは実際、教えられる側ばかりではなく、教える側にとっても同じである。

もっとも学生によっては、オンラインでは逆に集中させることが難しいという場合もある。対面の暴力性がないために、やる気の希薄な相手には強いてやらせることができないのである。しかしながら、対面の暴力性を行使せずに、オンラインの語り口と画面提示の工夫でやる気が出るように試みることも大切ではないか。私にとってはそのほうがはるかに筋の通った教育法であると感じられる。

今回の新型コロナウイルスにより、日本では大学の九月入学制度の案も浮上し、それは早々に立ち消えとなったが、オンライン授業に関しては将来も消え去ることはないだろうし、オンライン授業に託すべき教育の可能性も大きいと私は信じている。

現代詩の未来

今朝のおまえの手紙には驚いた。何度読み返してもまったくわからない。……おまえはいつも細々としたことを書いてくれた。成績、先生方のよいところや悪いところ、新しい友達の名前、それに下着のことや、夜、眠れるかどうかや食べ物のことなどを書いてよこした。私が知りたいのはそういうことなのに、今回の手紙は何がなんだかまるでわからない。……第一、私に宛てたものか、それとも犬にでもよこしたのか、それさえわからない。……要するにおまえは人をからかっているのか。けれども、からかわれているのはおまえ自身なのではないのかとも思う。私はおまえを叱るつもりはないが、ただ、気を付けなさいとは言いたい。

（「にんじん」ルナール）

これは「にんじん」の中頃で、寮から高等中学校《リセ》へ通っているにんじんが、父親のルピックから受け取った手紙の一節である。これに対し、にんじんは短い返事をしたためる。

お父さん。……気付かなかったのかもしれませんが、僕が書き送ったのは「詩」です。

詩がわけのわからないものだということは今に始まった話ではない。十九世紀末のフランスで記されたこのような皮肉なやりとりは、何千年以前に、およそ詩人という者がこの世に生まれてからずっと続いてきたはずであり、今後も続いていくだろうことは想像に難くない。したがって、この文章の題は「現代詩の未来」としたが、「現代」は必ずしも私がこれを書いている今の時代に限定するつもりはないし、同様に未来といっても、既に過去になった時代もまた、我々にとっては未知の時間という意味で未来の一部に属していると解釈してほしい。つまり、いつの時代にあっても、おそらくわけのからないものでありながら決して滅びることがないと私の信じる「詩」の意味を考え、私なりの詩学をまとめておきたいのだ。

このように書きながら、私は何年か前の冬の日に、現代を代表する詩人の一人の高橋睦郎《むつお》さんに初めて会った時のことを思い出している。当時、私が住んでいた湘南の家から出かける頃には、斜めに雪が吹いていた。その二月半ばの日の夕刻、新宿の中華料理店の二階で高橋さんを囲んだ食事の席に私も連なっていたのだが、高橋さんは談話が始まって間もなく、誰でも自分の詩学を持つ必要があるのだ、と言った。相手に向かって発される言葉が、それと同じ、否、むしろそれ以上の重量と密度で、みずからへの強い問いかけと深い認識になって反響するような高橋さん独特の口調によるこのひとことを、私は今でもはっきりと思い出すことができる。その時に私の胸の奥底に投じられた言葉は——その言葉が私の意識を通過し、はるかな井戸の底の静まりかえった無意識の水面を破って発した音は——数年を経てようやく私自身の耳へ響きを返してよこした。もっとも、私がここで詩学の名で記したいものは、アリストテレス以来の詩に関する学究的な考察とは類を異にする。例えば、冒頭に引いた「にんじん」の一場面も私にとっては、ジュール・ルナールという稀有の詩人の苦渋に満ちた詩学の一節と感じられるのであるから。

にんじんの父親ルピック氏は、作者ルナールの父フランソワをモデルにしており、小林秀雄の言い方を借りれば「この確固たる平凡人」がルナールの「たった一つの批評上の試金石」だった(「ルナアルの日記」)。つまり、詩など犬にでも読ませておけばいい、という父親に象徴される大衆の「批評」によって彼の詩は磨き上げられたとも言える。

ルナールの処女出版は二十二歳の時の詩集『ばら』であり、結局、彼は生前、詩集としてはこの一冊しか出さなかった。けれども、その他に四十篇ほどの詩が残されていて、彼がこれらもまとめて詩集として出版するつもりであったことは、その巻頭に置くべく「序詩」を書いていたことからもうかがえる。そうして、その「序詩」の末尾に置かれた「旅行け　私の水子の詩才」という一節は、彼がみずからの詩と決別するつもりでこの詩集をまとめていたことを示しているのだが、生前には遂に活字となることのなかった文字通り水子の詩句が、このルナールという仮面の詩人にとっては生涯の基音となった。というのも、実際、彼はこの詩句の音調を死ぬまで繰り返さなければならなかったのであって、その意味でこの詩句は彼の全作品の巻頭に据えられていると言ってもよい。換言すれば、彼の文学は常に文学自体への決別の歌であって、彼をそういう場所へ追いつめたのは――という言い方が悪ければ——彼にそのような天才の梃子《てこ》でも動かすことのできない確固たる凡人の舞台を与えたのは——先に述べたように、わけのわからないものを書かないように「気を付けなさい」と注意した父親だった。彼の詩はこの舞台のうえで、詩の否定という途方もない圧力をかけられた果てに、『博物誌』のような極めて硬質な散文詩として結晶する一方で、文学そのものの無意味という絶対的な批評に追い詰められて、創造精神と日常生活との境界線上に位置する『日記』という最終的な形態をとるに至った。散文詩、戯曲、小説とあまたある作品の中で、二十三年間、まさしく半生にわたって書き綴られた膨大な『日記』がルナールの最高傑作とされるのは故のないことではない。すなわち『日記』こそ、彼の詩が最後にたどり着いた形式であり、水子の詩才が冥土《めいど》で成長した姿とも言える。

ルナールの『日記』にはこんな一節がある。「散歩。肉体は歩くが、精神は小鳥のように飛び回る。」日記という散歩の中で彼の詩精神は飛翔せずにはいられなかったのだが、この言葉は即座に「散文が歩行で詩は舞踏である」というヴァレリーの有名な比喩を思い起こさせる。

散文において、言葉が意味を表す記号であり伝達の手段であると単純に考えることが許されるのならば、散文はたしかに一つの目的地へ向かって意味の道筋をたどる歩行である。それに対して詩の言葉は、音、リズム、形式等を総合した美の表現であって、言葉それ自体が目的であり、意味は美の中に含まれていると言ってよい。舞踏にも開始から終結までの展開はあるだろうが、歩行のように行き着くべき目的地があるわけではない。

　人間の手足が何のためにあるか、と問われれば、おそらくほとんどの人が、道具を使ったり移動したりするためにあると答えるだろう。手足が踊るためにあると答えることが許されるような舞踏家でさえも、食事の際にナイフやフォークを持つ手の役割、洗面所やトイレへ歩いて行く時の両足の役割を否定することはできない。にもかかわらず、舞踏家の手足の第一の役割は踊ることとみなすことも許されるはずで、詩の言葉は、そのような舞踏家の手足と同じ運命を負わされている。日常生活には直接かかわりを持たず、通常の意味を伝えない（と表面的には見えてしまう）言葉。美術や音楽がたとえ単なる娯楽という誤解を受けるとしても、それらは最初から芸術の範疇《はんちゅう》で論じられるのに対して、わけのわからない詩が不可解な遊びか余興でしかないと非難されるのは、言葉という表現手段が万人にとってむしろたいへんに日常的、習慣的なものであるという皮肉による。

　詩人は言葉によって、画家は色や形によって、音楽家は音やリズムによって世界を見、世界を表す。絵筆や楽器を手にする人はプロ、アマを問わず、その瞬間に普段は見ることのない新たな世界へ入る予感を味わうだろうが、言葉は日常誰もが使って手垢にまみれているだけに、詩として使うほうも使われるほうも習慣を脱するために課される困難が大きい。

　舞踏の起源が宗教的な感情であり、神（極めて一般的な意味での）への祈りを捧げるための一形式として、あるいはアニミズム的な信仰において人間と世界とが同化するための手段として誕生した身体表現であるなら、詩の起源も同様なものと考えて差し支えないだろう。もっとも、詩に感応する心――ポエジーが、一種の宗教的感情であるといえば誤解を生むかもしれない。ポエジーとはむしろ、この時空間を支えている生命力そのものであり、自然（山川草木《さんせんそうもく》のみを指すのではない）の生命や世界の宿す精神を摂取する力だ。我々は自然や世界に囲まれて生きながら、ふだん、それらの実相を意識することは許されていない。無意識に感知してはいるのかもしれないが、意識する機会は滅多に訪れない。自然や世界とは「未知」の別の名であり、我々が生きているということは、今ここにおいて常に未知に直面しているということだ。

　例えば、風は気象学的には大気の循環的な動きに過ぎないだろう。けれども、ある時一人の人間に吹いてくる風は、季節の神々のあたたかくやわらかな息であり、また別の場合には、冷たい透明な無数の指先や、からみつく髪の毛であり、そうかと思えば、雲や木の葉からの歌をきれぎれにささやく声であったり、乱暴に樹木をなぎ倒し家屋を破壊して人々を右往左往させる残虐な巨神の腕であったりする……そうではないと誰が言えよう。そのような時、風を風と呼ぶことは不可能であって、それらは正しく、息であり、指先であり、髪であり、声であり、腕である以外の何ものでもない。そうして「息」や「指先」や「髪」や「声」や「腕」という言葉が単なる記号としての意味を失い、「風」の生命を獲得し詩として息づき始める時、我々の周囲に広がる世界は初めて本当の意味で動き始める。もっと正確に言えば、詩の言葉によって我々の精神が周りの世界の動きに目覚めるのだ。言葉に命があり、命は光であり、言葉が闇を照らす光である、というヨハネの福音は、宗教のためと同様、詩のためにも必要なのだ。

このようなポエジーや詩が何の役に立つか、という問いかけに対しては、実はそのような問いかけ自体が役に立たないものだ、と答えなくてはならない。何となれば、詩は我々の幸福な生活に寄与するための発明や工夫ではなくて、世界の本来の姿を示す発見に過ぎないからだ。アインシュタインが$E=mc^2$という方程式を「発見」したのは、それによって宇宙の姿を我々にかつてないほど正確に提示したのであって、これを宇宙ロケットや核爆弾の開発という実用や悪用に供するのは別領域の仕事である。万有引力を知らなかった時代の人々やニュートンの古典力学で世界を見た人々よりも、アインシュタインの相対性理論を知っている現代の我々のほうが、宇宙の姿をより正確に認識できるということに精神的な満足が得られるのであれば、詩の持つ役割もそれと同じようなものだと言うことができる。けれどもその満足感は、我々に快感や快楽よりも、驚異や神秘の謎めいた（時には甘美な）苦痛をもたらすものであって、それは真正の美の感受として、娯楽や遊技のもたらす安逸の感覚とは区別されるべきものだろう。

この、詩が何の役に立つか、あるいは詩がなぜ必要かというのは、むしろ詩人から他の人々への問いかけであるべきかもしれない。詩人に対しては、なぜあなたは詩をつくるのかと問うほうが直截的であろうか。谷川俊太郎《たにかわしゅんたろう》さんは、既に現代詩の旗手として活躍していた二十五歳の頃に、こう答えている。そのような問いは「なぜあなたは生きているのか、という問と変わらないとぼくは思う。その先ず第一の答は、そうしたいから、という答であり、そして次の答は、そうしなければならないからという答だ」（「詩人とコスモス」）。

谷川さんは決して禅問答をしているのではない。詩に対するこのような絶対的、本能的な信念は詩人にとって至極当然のことではあるが、私は十五年ほど以前、谷川さんがちょうど還暦を迎えた頃に初めて直にお会いする機会を得て、あえてこの根本的な問いかけをしてみたことがある。その時、谷川さんは、人間が誰でも生きていくためにポエジーを必要として いることは間違いないと思うと即座に返答した。「詩人が職業として成立しない社会と、詩を必要としない社会とは異なったものだ」と谷川さんが言うのは、社会に対する詩人の無責任を非難しているのであって、社会を批判しているのではない。そんな谷川さんにも九十年代初頭から十年ほどは詩を書くのを中止した時期があったが、その時でさえ、谷川さんが疑ったのは「詩人という人種」であって、ますます容易に詩人を参加させなくなった社会のほうではなかった。

小説に純文学と大衆文学があるように、詩でも二つの領域に（限りなく曖昧《あいまい》な）区別を設けるとすれば、明確な社会性の意識によって、その経歴の初めから職業詩人として活躍することのできた数少ない現代詩人の一人である谷川さんの作品を、大衆詩と呼ぶことも許されるだろう。谷川さんの社会性とは大衆性のことであり、詩における（通俗性ではない）大衆性の必要ということを谷川さん自身、常に深く意識してきた。

大衆性が大乗《だいじょう》仏教のようなものであるとすれば、小乗《しょうじょう》仏教の密教性を保ち、一般的な意味で言葉が理解されるのを拒むところでこそ詩が成り立ち、ゆえに社会性、大衆性と対立する絶対的な孤立の中にしか詩の本来の姿はない、と考えるのが現代の純粋詩の立場と言えようか。谷川さんにとっては、その詩作の初めから信じて疑うことのなかったコスモス――秩序ある世界、統一ある宇宙……というよりも言葉によって統一秩序の回復される世界の予感――が谷川さんのポエジーの源泉であり、詩作の唯一の動機であり、谷川さん自身の存在理由であり、生の肯定の証だった。谷川さんがみずからの詩の大衆性に賭けることができるのも、コスモスの確信という揺るぎない前提条件による。

しかしながらその一方で、世界の実相がコスモスではなくカオスであり、それを表す言葉は我々の正常な意識を破壊し無秩序と混乱に目覚めさせて、精神を健全な狂気ともいうべき状態へ導くのが詩の役割であると考えることも許されるのではないか。それは絵画の世界を例にとれば、バルビゾンの大地と田園風景に神話的な永遠の秩序と統一を見出したジャン・フランソワ・ミレーに対し、彼に限りない敬意を払って彼の作品の模写を不断に繰り返しながらも、自然を見ることで一種の錯乱に陥ることを余儀なくされ、自然とは――そうして自然を写し取る絵画とは――理性を崩壊させるもの以外の何ものでもないと悟ったヴァン・ゴッホの場合がそうである。

おそらくここでは、理性の崩壊と発狂とを区別しなければならない。発狂とは何らかの病的理由によって精神が十分に機能しなくなった一種の理性の停止状態をいうのだろうが、芸術家にとって（ある意味で必要な）理性の崩壊とは、むしろ彼の精神が通常の限度を超えて機能し、人間の意識を正常に保つ理性の枠組みを破壊してしまうことだ。「錯乱のあまり、とうとう自分の見たものが理解できなくなってしまった時にこそ、本当のものを見たということになるのだ」と手紙に記したアルチュール・ランボーも、「幻想が向ふから迫つてくるときは／もうにんげんの壊れるときだ」（「小岩井農場」）という詩句を必死で手帳に書き付けた宮澤賢治も、ポエジーがカオスの世界の扉を開く魔の意識であることに気付いていた。

宮澤賢治は我が国でもっとも親しまれている近代詩人に違いないが、実際のところ、彼が多くの読者を獲得しているのは「銀河鉄道の夜」等の童話作品と、一種のロマンチシズムに彩られがちな悲劇的伝記によってだろう。そうして「春と修羅」をはじめとする彼の詩作品が、必ずしも童話や伝記以上に賢治の一般的な人気の理由ではないと言っても、決して彼の詩作品を貶《おとし》めることにはならない。

たしかに、賢治伝記のドラマのハイライトで歌われるアリアとも言うべき「雨ニモマケズ」ほど人口に膾炙《かいしゃ》している近代詩はないだろうが、賢治にとってこの作品は、彼の作り出した心象スケッチという、いまだに多くの謎を秘めた独創的なスタイルによる詩の形態からははるかに遠く、病床でただ、みずからのために記した経文として読むほうが、彼の意図にも適う。つまり、必ずしも近代詩とは言い難いこの「雨ニモマケズ」が、多くの読者にとって賢治の世界への入り口になっているのみならず、賢治作中の最高作と見なされる向きさえあるというのはたいへんに皮肉な事実なのだが、ここに詩や文学の抱える本質的な問題が潜んでいることを見逃してはならない。

新刊の詩集がほとんど売れず、詩集のコーナー自体、書店の片隅に申し訳程度にしか設けられることのない今日、相田みつをの日めくりカレンダーや星野富弘の詩画集はしばしば平積みにされて飛ぶように売れる光景を、現代の詩人たちはどのように見ているのか。あれは詩ではない……少なくとも現代詩の範疇には入らない、と負け惜しみをつぶやくのがせいぜいではあるまいか。私は先日、葉祥明《ようしょうめい》さんの講演会に行ったが、演題は「心に響く生命の詩」で、葉さんは講演の最後に会場の灯りを落とし、CDによる静かなピアノの音楽にのせて、葉さんが日頃ノートに書き綴っている詩を朗読した。朗読に際して葉さんは、これは文学ではないです、決して文学の詩ではないのです、と何度も言い訳のような前置きを繰り返した。

文学ではない詩、むしろ大衆はそれを欲していることを葉祥明さんは本能的に察知しているに違いない。自分は画家ではあるが、芸術の絵は恐ろしくて描けない、と素直に告白する葉さんは、そのような真実に気付かずに芸術の絵を描いていると思い込んでいる画家たちよりもはるかに芸術の魔をよく知っているのであり、同時に大衆にとってそれがどのような意味を持つのかも感じとっている。絵本あるいは童画の世界で第一人者である葉祥明さんの絵画は、おそらく現代美術の領域で論じられるものではないだろうが、ある形式が芸術を超えて大衆の心を捉《とら》え得ることを、星野富弘の花々の絵も、また、本来正統派の書家であった相田みつをの書の作品も同様に示している。

有名な「雨ニモマケズ」論争においては、文学論争の常として、谷川徹三《たにかわてつぞう》、中村稔、両人の意見が平行線のまま決着を見ていないのだが、煎じ詰めれば、谷川はこの詩が感動的だと言い、中村はけれども優れた文学ではない、と言っているのであって、要するに、感動的だが文学ではないという議論は、文学論としてはおもしろいかもしれないが、文学ではなく「感動」を常に求めている大衆にとっては無意味な戯《ざ》れ言《ごと》に過ぎない。つまり、問題は「感動」というものの実質のほうなのである。

先述した通り、芸術の起源には宗教的な感覚や意識が存在したことから、音楽も絵画も詩歌も原初の形態においては宗教的な行為や文化と密接なつながりを持っていた。その後、芸術家が王侯貴族の庇《ひ》護《ご》を受ける一種の職業として成立する時代となるが、芸術家の意識と王侯貴族の嗜《し》好《こう》が必ずしも一致しなかったのは自明のことであり、ベラスケスもモーツァルトもシェイクスピアも、そのような時代の逆境と闘った天才たちだった。王侯貴族が没落した近代以降、芸術は一般民衆のものとなったのであり、この流れを極めて乱暴に梗概《こうがい》すれば、芸術は宗教から特権階級へ、特権階級から大衆へと手渡されてきたのである。その過程で芸術の各様式も、当然ながら変化を余儀なくされてきたわけだが、今日でも一般的な意識では、芸術は近代までのクラシックな様式感に支配されている。

例えば、一般大衆はバッハやベートーヴェンやモーツァルトには喜んで耳傾けても、シェーンベルクの無調性音楽まではついて行こうとしない。そのかわりに新しい表現として大衆を捉えたのは周知の通りロックであって、現代音楽が芸術として聴衆を失ったかわりにロックンロールが市民権を得た。今日、クラシックの評者であっても、音楽史の中にビートルズがその名をとどめるであろうことを否定する者は少ないのではないか。前衛化することで一種の窒息状態に陥った現代芸術の衰退とともに（あるいは衰退によって）台頭したポップ・カルチャーの各様式に新たな表現の可能性が見出されたとすれば、バーンスタインがブロードウェイ・ミュージカルの作曲をするのは、彼がベートーヴェンの交響曲を指揮するのとまったく同じ次元の芸術活動と見なして差し支えない。

そのようにして音楽からはロックが、美術からは漫画やアニメーションが生み出され、また、演劇は映画やテレビドラマという形態をとることによって、各々現代ではもっとも大衆的な支持を得る表現様式となった。通常ポップ・カルチャーあるいはサブ・カルチャーの名で呼ばれるそれらの作品はマス・メディアの商業主義なしには成立し得ない様式であり、それゆえに一時的な流行の内に消費される商品に過ぎないものも多いかもしれない。しかしながら百年後に各芸術史を眺め渡した時に、今の時代の流行作品はこうした新しいポップのジャンルの古典として残り、世界大戦後の芸術家としてそれらのジャンルの確立者の名が歴史に刻み込まれているだろうということを、私は疑うことができない――すなわち、ビートルズや手塚治虫やウォルト・ディズニーや黒澤明の名が。

このような時代にもっとも行き場を失っているのが文学であり、そうであればこそ伝統的な小説の形態が温存されているとも言える。かつて、近代文学の中で創造的批評という画期的な表現領域を確立した小林秀雄が、今の小説という形態は一度完全に崩壊、解体しなければ文学の中で新しい形式も生まれて来はしまいという趣旨の発言をしていたが、今日の作家たちはまさしく、従来の小説という形態――否、文学という観念自体を破壊するための小説を模索している。

ただしここでも大衆の逆説は時折顔をのぞかせる。近年の例で言えば、「世界の中心で、愛をさけぶ」があれほどの大ヒットになったのは、主人公たちの純愛を語るにふさわしい極めて平易な構成と、随所に詩的なイメージを交えながらも技巧優先ではない簡素な文体とに、若い世代も含めて大衆が満腔《まんこう》の賛意を示したからではあるまいか。冒頭からいきなり、中学生同士の会話に芥川龍之介や萩原朔太郎や夏目漱石（しかも金之助という漱石の本名まで添えて）が出てくるこの作品に私は初め面食らったのだが、そのような意味で、現代の小説に失われたイノセントな文学意識がこの作品には十分に息づいていて、それが一番の魅力なのではないかと思う。

茨木のり子の『倚《よ》りかからず』は現代の詩集としてまことに珍しいベストセラーであり、かつロングセラーとなっているが、この詩集の成功の要因は率直に過ぎるほどの平易な言葉の強さと、頑固なくらいあたりまえであることの逞《たくま》しさにあふれていることであって、それは一九五〇年代から創作を続けているこの女流詩人の不変のスタイルだ。「絶望といい希望といってもたかが知れている／うつろなることでは二つともに同じ／そんなものに足をとられず／淡々と生きて行け！」(「ある一行」)。詩的言語の混乱の現代にも、彼女はこのように「淡々と」日常語の詩を信じ、大衆もそれに対して実に素直に反応を示すということを忘れてはならない。

現代に小説が生き延びている理由の一つとして、小説はテレビドラマや映画という極めて強い広告力および大衆への浸透力を備えたメディアと協調しやすいことが挙げられるのだが、その点では詩は音楽と密接な関係を持つものの、今日ではむしろ音楽に征服されてしまった感すらある。

不器用なやさしさに満ちた相田みつをの言葉の親しみやすさも許されず、生のかなしみに貫かれた金子みすゞの歌の調べも過去の形式と見なさざるを得ないような現代の詩人たちが、新たな表現方法を模索しながら彷徨《ほうこう》を続ける一方で、いわゆるシンガーソングライターたちが従来の歌謡曲とは次元の異なる非常に詩的な表現を歌詞で発揮し、大衆の詩に対する欲求を彼らの歌詞が満たすようになってきている。

無論、歌詞の詩的変革は世界的な現象であって、それにはやはりビートルズの影響が決定的だとは思われるが、現代詩の観点からすれば、ほぼ同時期にデビューして現在まで半世紀近く常に時代の先導者であり続けるボブ・ディランの存在はさらに重要な意味を持つ。ビートルズがあくまで音楽を主体にし、どんなに象徴詩的な歌詞を書こうとも決して音楽と協調する範囲を超えようとはしなかったのに対し、ディランの場合はむしろ詩を優先させ、音楽は歌詞を表現、伝達するための手段と見なされている。旋律の音数に対して語数が圧倒的に多いディランの字余りの歌詞と、機関銃のように言葉を乱射する彼の歌唱法は、言葉が音楽よりも優位に立ち、音楽は言葉に従属していることの証である。言い方を換えれば、言葉に対して音楽は最低限度に抑えられている。

ディランのコンサートの映像を見ると、彼は歌いたいのではない、伝えたいのだという印象を強く受ける。しかも伝えるべき相手は必ずしも目の前で熱狂している聴衆ではないのではないかという不思議な感覚に襲われる。終始はるかな虚空を見つめているような、決して感情の表れない冷ややかなまなざしと、愛想笑い一つ浮かべず、ひたすら曲を歌いつないでいくだけの彼のスタイルは、ロックのコンサートとしては一種異様なステージにも感じられる。彼は世界的なスターになってからも十数年の間は、英語が通じないところではコンサートをしても無駄だと言って、日本での演奏を拒否していた。一九七八年にその禁を破って来日を果たして以後、我が国でのコンサートも回を重ね、私も何度かステージでの生の姿を見たことがあるが、曲の合間の語りは一切無く、自分は歌うことでしか真実を伝えられない、しかしその言葉は君たちの耳に本当に届いているのか……という真摯な情熱と深い懐疑《かいぎ》に満ちた彼の表情と歌声には、エンターテインメントを目的とする他のロック・アーティストのステージでは感じることのできない苦しみや苛立《いらだ》ちが充満していた。彼は、不愉快な時にしか詩は書けない、愉快な時はステージで歌うしかないと言っているが、不愉快な時にしか書けない詩をステージで愉快に歌えるわけはない。そうして、そういう彼の歌を聴く我々が愉快になることを彼は望んでいるはずもない。

ディランが一九七五年から七六年にかけておこなったローリング・サンダー・レヴューの最後の頃のステージが『激しい雨』として録音、撮影されたが、ライブ映像のエンド・ロールの謝辞で筆頭に名を挙げられているのが詩人のランボーであるのも不思議ではない。ディランの膨大な作品の量と絶え間ないスタイルの変化とは、それだけでも我々の眼を眩惑《げんわく》するに十分だが、彼はランボーと同じく初めから「飢渇」というただ一つのテーマしか持たず、それによって未知の領域へと不断に駆り立てられ突き動かされているように見える。あたかも、みずからの音楽から逃げ去るために音楽を創っているかのようであり、また、あふれ出る言葉を振り払うために言葉をまき散らしているかのようでもある。

シンガーソングライターや、詩が文学であることを必要としないアーティストたち、そして大衆という批評家に包囲されて、従来の詩人たちが現代詩の復興を目指すべく朗読会を催したり、詩のボクシング等の新趣向を試みたりすることも無益とは言うまいが、朗読を単にプロモート的な意味合いでしか捉えられないならば、やはり現代詩は低迷を続けるだろう。

もしも朗読が必要であるなら、それを詩集を読み上げるだけではない、確固たる独立した表現様式として成立させなければなるまい。極言《きょくげん》すれば、朗読によって伝達されることを目的とする詩は、むしろ活字として出版して読まれるべきではないし、朗読する声は（必ずしも詩人自身の声である必要もなく）歌声と同質の旋律とリズムを持って、しかも決して歌にはならない言葉の音楽を奏でなければならないだろう。

辻仁成《つじひとなり》が、最初はエコーズというロック・バンドのボーカリストとしてデビューし、小説家として頭角を現したあとで詩を発表し始めたこと、あるいは、現役のパンク・ロッカーである町田康《こう》が小説で開拓した飄逸《ひょういつ》にして幻覚的な言語世界を詩の表現にも持ち込んでみせたこと……等の事例を持ち出すまでもなく、（大衆を視野に収めた）現代詩の先端は現代詩人たちではなく小説家が担っていると言っても差し支えなく、彼らが言語表現とまったく同次元で音楽表現を実行しているのも偶然ではない。

そういう意味で、現代詩の未来は小説や音楽の先にある。詩は、詩の中に閉じこもることを止めて、今日の小説や音楽を包含《ほうがん》し牽引《けんいん》するような形態として蘇《よみがえ》らなければならない。

現代詩の未来Ⅱ――朗読について

二〇〇五年の六月に出した自分の詩集の題名を『無音歌』としたのは、現代詩の衰退の一因が音楽性の欠如であることへの批判の意味合いを込めてだった。それゆえ、この一冊に収録した作品は（本のページのうえでは音は響かないが）あくまで歌として、また、言葉の（より正確に言えば、活字の）音楽として感じ取ってもらえれば、というのが私自身のささやかな望みだった。そこには同時に、昨今増大しつつある詩の朗読のような行為（表現形態、とはあえて言いたくない）への対抗意識もあった。詩集が売れないからといって、朗読で詩をアピールしようという安易な流行に私が懐疑的な理由は以前から何度も書いているが、要するに本で読む詩と耳で聞く詩とでは表現の方法が違い、従って感動の種類も異なると思われるからだ。

近代および現代の我が国の詩は、明らかに詩集のページで活字として読まれることを目的に書かれ、そうして実際に（多かれ、いかに少なかれ）読まれてきている。「極言すれば朗読によって伝達されることを目的とする詩は、むしろ活字として出版して読まれるべきではない」と、以前私は記した。『無音歌』を出版する際に私がもっとも意識したのがそういう点だったので、その意味では私はここに収めた自作を朗読の流行に抵抗するものとして書いたと言っても差し支えない。

出版後ひと月ほど経って、たまたま、ある新聞社が『無音歌』の紹介記事を載せてくれることになり、インタビューも受けたのだが、元来口下手な私は何となく自分の考えが伝わり難い感じもしたので、結局自分で記事の原稿を書き、適当に切り詰めて使ってくれと新聞社に渡した。それは次のような文章だった。

「……そのテーマというのは「音楽」なのですが、ある意味で、これは現代の詩の状況に対する批判を込めてのことです。つまり一つには、詩が歌の詞に取って代わられているということ（実際、現代詩が衰退するのと反比例して、ポピュラー・ミュージック系の歌詞は高度に詩的になってきました）。もう一つには、そのために最近は詩人たちが盛んに朗読をして、詩に音声を取り戻そうとしていること（詩でなくとも「声に出して読む……」みたいなシリーズが流行りましたね）。

たしかに詩は歌でもあって、こうした風潮にはそれなりの意味があります。けれどもやはり本で読む詩――文字という沈黙・静寂の中でしか味わえない言葉の音楽も大切だと思います。つまり、現代の詩に必須の「音楽・音声」を逆手にとって「音のない歌」を創ってみようと考えたわけです。詩とは黙って読んでこそ聞こえてくる音楽ではないか、と。

三年前に、写真に二行詩をつける仕事をした時に――それは非常に視覚的なイメージによる創作だったので、その反動、影響として、聴覚的なことを意識して、この『無音歌』の着想を得たということもあります。ですから、ここに収めた作品は、その写真詩集の後の三年間に書いたものです。
最後に「あとがき」に記したように、夭折した一人の音楽家の魂を（彼の演奏は音としては残っていないのでかわりに）言葉に封じ込めておきたいということがあります。詩は歌であると同時に叫びや祈りでもあって、一番大きな叫び、もっとも深い祈りは、もはや声に出せない沈黙になると思うのです。（以下略）」

もともと紹介のスペースが小さかったので、実際の紙面では私が予想した以上にこの原稿は切り詰められたが、それでもとにかく、詩集の紙面、印刷された活字から音楽を聞き取ってほしいという私の主張はきちんと伝えられる文章にまとめられていた。無論、そういう主張がこの地方新聞のわずかなスペースにも目を通してくれたであろう人々から、果たしてどれだけの興味を持って読まれ、わずかながらでも賛同を得ることができたかどうかといえば、正直、私にはまるで自信がなかった。
『無音歌』を出して半年ほど経って、地元で発足したばかりの音楽普及活動をおこなう「おんぷの会」の人たちと知りあう機会があった。その法人の催しの企画を相談され、作家の石川好《よしみ》さんの講演会を開催することを決めた。そうして、石川さんの講演を一時間ほどおこなった後、催しの第二部として私は自分の詩の朗読をさせてもらおうかとふと思いついた。これまでの私の主義主張からすれば、これは至極おかしな思いつきであり、自分でもどうしてそんなことを考えたのか今でも不思議なのだが、理由の一つとして、ピアノの演奏をつけた朗読ができそうだったということがある。

『無音歌』自体が悲運のピアニストに捧げたものであり、ほとんどの作品が音楽の（特にピアノ曲の）諸形式をモチーフにしていて、そのうえ後半の十二篇はショパンのエチュード作品十に属する十二曲をそのままテーマに使って書いたのだから、それらを本当に生のピアノ演奏と一緒に朗読できれば、それは詩は本で読んでほしいという考えとはまったく別の意味で、この詩集に込めた私の思いを伝えるまたとない機会とも思われた。さらには私が自作の言葉に託したイメージに極めて近い……つまりその意味で私にとってはショパンの演奏のために理想的と言ってよい音色やフレージングを持つピアニストの齋藤秋子さんに共演をお願いできる状況だったということが決定的な意味を持った。そうして、もしも朗読をするならば、詩の言葉とピアノの音を等価にしたスタイルでやってみようと即座に考えた。

実を言えば、私はこれまでにも詩の朗読に類したことをまったくおこなわなかったわけではない。けれども、そうした際にはただ詩集を取り出して読むということはしたくなかったので、詩の内容にふさわしい音楽を探し出し、その曲のCD等を用いて音楽を伴奏にした朗読を試みてきた。とはいっても詩の朗読の伴奏、あるいは朗読の合間にブリッジとして音楽を使うのは、スタイルとしてはごく普通で何も珍しいことではない。しかし朗読と演奏を同等に用いる、いわば詩と音楽のコンチェルトというスタイルならば、試みる価値はあると思った。

もっともそのような考えも決して私の独創というわけではないかもしれない。この「詩と音楽のコンチェルト」というスタイルを思いついた時に、一種の先例として私の頭に浮かんだものが二つある。一つは谷川俊太郎の作品に武満徹《たけみつとおる》が曲をつけた「系図」、もう一つは佐野元春がおこなっている一連のポエトリー・リーディングである。

「若い人たちのための音楽詩（Musical Verses for Young People）」という副題を持つ「系図（Family Tree）」は、一九九二年に武満徹がニューヨーク・フィル・ハーモニックの創立百五十周年を記念するために委嘱《いしょく》され書き上げた作品である。ということはつまり、オーケストラの演奏に谷川俊太郎の手になる詩の朗読を組み合わせるというこの特異な形態の作品はニューヨークで演奏されるために作られたのであり、当然ながら英訳版の詩で先に世界初演されたのであって、言語の点から考えれば意表を突く行為である。とはいえ、考えてみれば武満の代表作とも言うべき「ノヴェンバー・ステップス」も同じニューヨーク・フィルの百二十五周年記念作品であり、この曲の中で彼がオーケストラに琵琶《びわ》や尺八という日本の伝統楽器を対置するという極めて斬新なスタイルで西洋音楽に巨大な風穴を開けたことを考えれば、二十五年後の同じような機会に彼が（英訳とはいえ）日本語の詩をオーケストラに対置させたことはさして驚くに当たらないかもしれない（……そういう意味では、むしろ私は英訳でなくあえて日本語のままニューヨークで世界初演をするべきではなかったかと思う）。「系図」はその後、岩城宏之が指揮するNHK交響楽団が放送初演をおこなっているが、私が初めてこの作品を聞いたのはサイトウ・キネン・フェスティバルでのライブ演奏の録音CDで、オケは当然ながらサイトウキネン、指揮は小澤征爾《おざわせいじ》、語りは当時子役として活躍していた十五歳の遠野凪子《とおのなぎこ》である。

「系図」に用いられている谷川の詩は、本来は佐野洋子が挿絵を付した一九八八年刊行の詩集『はだか』に収められていて、その中から「家族」に関するテーマを持つ六篇を武満が選んで並べ替えたものなので、私は「系図」を聴く以前に既に、そこで朗読される詩を活字で読んでいた。十歳くらいの子どものモノローグを想起させるスタイルをとりながら全篇ひらがなで記されたこれらの詩は、タイトル通り、身体も心も言葉も「はだか」の状態を目指して書かれており、子どもの血のあたたかさといのちの生臭さを感じさせるトーンで貫かれている。たしかに谷川は、これ以前にも同じように子どもの感性を常に作品に反映してきたのだが、これまでは少年的な――というよりお坊ちゃん的な――生活感を遊離した観念性と抽象性の強い透明度と純粋さによってコズミックな世界をうたってきた。けれどもここには、それとは相当差異のある生理的な粘着性と生活の猥雑《わいざつ》度が感じられ、明らかに佐野洋子という谷川にとって異質の――むしろ正反対の――感性が、谷川のポエジーにたいへんに強い化学反応を生じさせたことがうかがえる（佐野はこの詩集で共作した翌々年に谷川の三人目の妻となったが、後に離婚している）。

「系図」の演奏形態は「語りとオーケストラ（narrator and orchestra）」と記され、それは詩が朗読（reading あるいは recitation）される――すなわち活字のテキストが声に出して読まれる――のではなく、あくまで「語り」という音声表現としてオーケストラの演奏と交響することを意味するものなのだろうが、それにしても、この演奏における遠野凪子の「語り」はみごととしか言いようがない。それは無論、彼女自身の演技力に負うところも大きいが、同時に、十五歳という子どもと大人の狭間《はざま》で揺れ動くあやうい年齢の少女しか持ち得ない声質や表現感覚ゆえであることは疑いない。私は初めてこの録音を聴いた時、いわば感覚の生長点が現実の世界に触れた時に感じる言いようのない痛みに満ちた彼女の声に驚愕し、また困惑した。それは、以後『はだか』という優れた詩集を、この十五歳の少女の声を脳裏にこだまさせずに読むことがどうしてもできなくなりそうだったからであり、実際にそうなってしまった。

谷川俊太郎は早い時期からみずからも朗読を盛んにおこない、私も彼の朗読は録音でも生でも幾度となく耳にしたことがあるが、その詩人自身の朗読は、あとでその作品を活字で読む際に読者に強い影響を及ぼすようなもの（作品のイメージを固定してしまうという意味で）では決してないし、そのように言っても、谷川の朗読の意義が失われるわけではない。しかしながら「系図」として武満がリメイクしたこの作品には、いったん演奏のために音声化された詩が、もとの活字へ戻ることを困難にするほどの本質的な変化がどうしても感じられてならない。その結果、私にとってこの語りあるいは朗読という肉声表現は、詩の可能性を広げたというよりも、むしろ逆に文字として綴られる詩を破壊し、活字としての存在力を失わせたとも感じられる。それは、オーケストラの演奏を朗読に対する伴奏として控えめに配置することで（詩のこころを生かすことに専一した、と武満自身語っている）かえって、朗読という肉声楽器のソロが持つ音楽性を強調し得た作曲術の勝利とも言える。

　このようにクラシックの世界に「語り」あるいは「朗読」を持ち込むことは現代では決して稀ではないが、その点で最大の成功を収めた作曲家はシェーンベルクであろうか。「月に憑《つ》かれたピエロ」に代表されるいわゆるシュプレッヒ・シュティンメの技法が駆使された一連の作品では、器楽に語りと歌のちょうど中間に位置する肉声が加わることで、奇妙に無機的な、そして狂的な音楽表現が現出する。シェーンベルクのこれらの作品では肉声も五線譜上に一つのパートを持っており、その意味で詩はほとんど音楽にとり込まれて一体化し「演奏化」しているわけなのだが、それに対して武満の「系図」はあくまで詩を詩として語らせていることにより言葉と声の肉感は強く保持されているのであって、それゆえに音楽によって詩が浮き彫りにされているという印象を受ける。シュプレッヒ・シュティンメという「演奏」とは異なる形で、詩を音楽と共存あるいは協奏させることを武満は狙ったのかどうかわからない。しかし、「系図」を構想した武満の脳裏にシェーンベルクのこの技法があったことはおそらく間違いないだろう（ちなみに「月に憑かれたピエロ」の日本初演をおこなったのは、武満の所属していた現代芸術家集団「実験工房」だった）。

詩人である谷川俊太郎が常に言葉から音楽への道を切り開こうとしているとすれば、シンガー・ソングライターである佐野元春は逆に音楽から言葉へ不断に回帰しようとしている、などと言えば、単純な言い方に過ぎるという誹《そし》りを受けるかもしれない。けれどもデビュー当時からアメリカのビート詩人に強い共感を示していた佐野の言葉に対するこだわりが、歌詞としてはどうしても表現に限界のある領域へ彼を誘い続けていることはたしかだ。すなわち彼のポエトリー・リーディングは、歌詞が旋律に載って歌となる寸前で止められているのではなく、その反対に、歌詞が歌をはみ出して旋律を放棄し、言葉に戻っていると感じられるのだ。その結果、彼が肉声表現する詩には、音楽から自立した言葉本来の音と意味が回復されて、歌詞の状態では決して表し得ない緻密な叙述と精密な思考とが表れてくる。

一九八〇年に日本のロックシーンに登場し、今日Jポップと呼ばれるジャンルの基盤を築いた佐野元春のポエトリー・リーディングにおける言葉は、しかし、あたう限り旋律を放棄してはいるが、リズムを捨て去ることはいっときもない。ポエトリー・リーディング・ライブのステージでの彼はクールなインテリの雰囲気を漂わす眼鏡をかけて、左手に詩のテキストの紙を持ち、右の掌で左胸の心臓の上あたりを休みなく叩き続けるという独特の手拍子によって正確にリズムを刻みながら、彼の通常のコンサートとほぼ同じ編成のバンドの演奏にみずからの言葉を載せてゆく。そこで体験できるのは音の言葉というよりもリズムの言葉という独特の感覚であり、それはまたビートの躍動感とスピード感の中に表れる一種の辛辣《しんらつ》な批判精神を感じ取ることでもある。そうして、そのことが何よりも彼のポエトリー・リーディングの真意を示している。現代の詩が必ずしも十分に発揮しているとは言い難い真摯な社会性や痛烈な批判精神は、もはやこのような緊張感を備えたビートのリズムの中でしか息づく場所がないと、彼は主張しているように思われる。

言葉にリズムや旋律の衣装を着せず素のままに提示しながら、しかも音楽と共存させ、時には音楽がメインとなって言葉が音楽を伴奏する――『無音歌』の朗読では、そういうコンチェルトのスタイルがとれないだろうかと私は考えてみた。例えば、ショパンのエチュード作品十の三、有名な「別れの曲」の場合、三部形式なので、穏やかな第一部と第三部には詩をかぶせるが、中間楽節の後半、もっとも激情的な部分はカデンツァとしてピアノのソロだけとなる。そうしてカデンツァに入る直前、すなわち中間部の前半の終わり、和音が急速に左右に開いてゆく三十八小節目では、クレッシェンドするピアノの音の高波に朗読の声は呑まれて、砕け散る十六分音符の波間に詩の言葉は沈み消えてゆかなければならない。

『無音歌』に収めた、エチュードをモチーフにした十二篇を書いた際には、無論、楽曲に歌詞をつけるように言葉を綴っていったのではなく、ただ曲のイメージだけを抽出して詩に仕上げたので、曲の形式と詩の構成が合致しているわけではまったくない。それゆえ、あらためて楽譜と詩のテキストとを組み合わせてゆくと、そこには予期しなかった困難も生じたが、逆に思いもよらず効果的な表現の生まれる可能性も感じられた。

この催しのために予定された全体の時間は四十分ほどだったので、合間の喋りを交えても一曲五分程度の音楽に合わせて詩は五、六篇朗読できると計算した。そうして、そのくらいの量であれば、詩は全篇暗記できると思った。というよりも、まず朗読に際してなるべくテキストを読むのではなく暗誦にしようと自然に考えた。それはラジオの放送や録音として聞かれるような場合にはまったく考えずに済むことなのだが、ステージで見られるという場合にはどうしても意識しなければならないことだった。つまり「聴衆」は「観衆」でもあって、演奏家の姿や所作は本来演奏の内容にはまったく関係のないものと思われるのだが、現実にはそれが演奏の一部と意識されることは避けられないからだ。

私は演奏家が演技をすべきだと言いたいのではない。単にステージ上の映像が演奏に与える影響を無視できないだけである。前述したとおり、佐野元春は詩のテキストを手に持って読み、谷川俊太郎も朗読は詩集のページを繰りながらおこなう。「系図」の実演を私は一度だけ見たことがあって、指揮は最晩年の岩城宏之、語りは吉行和子《よしゆきかずこ》だったが、彼女も厚い表紙で装幀したテキストを持って読んでいた。

以前、市原悦子の講演会に行ったら、後半は野坂昭如《のさかあきゆき》の小説の朗読だった。無論彼女も眼鏡を取り出して携えてきた本を読んだのである。朗読というのはたしかに「読む」ことなので暗誦である必要はないし、ある程度分量のある詩や小説は歌手や女優でも歌や台詞を記憶するようには覚えきれないのが当然である。しかしながら朗読者がステージで本やテキストに目を移さずに済めば――つまり暗記した状態で客席に顔を向けたまま言葉を発することができれば、そのほうが「観衆」は朗読者の言葉をより直接的に受け取ることができるのではないか。

そのようなわけで詩はすべて暗記で語ることにし、その言葉もピアノ曲との協奏として聴いてもらおうと思ったので、私はしだいに自分のすることを「朗読」とは違うように感じ始めた。実際、主催側の人と打ち合わせをする際は「朗読」という言葉を使わざるを得なかったが、できれば他の言い方がしたかったのである。宣伝のチラシには「ポエトリー・リーディング」と書いたけれど、私の意図したスタイルは無論リーディングでもなく「語り」でもなかった。

詩の言葉とピアノの音色でポリフォニックな効果を生み出せると、当初、私は単純に考えていたが、それが非常な演奏の困難をピアニストに課するということを、私は最初のリハーサルの時まで予想もしていなかった。それが歌であるならば、ピアニストは声と同じメロディをたどってハーモニーの中で演奏できる。しかし朗読の場合、私の発する言葉はむしろ曲のメロディやリズムの動きを妨害することになるのだと、リハーサルで詩とピアノを合わせてみて初めて知った。つまり演奏中のピアニストの耳に歌ではない言葉が聞こえてくると、それは音楽とは無関係の「意味」を持つ雑音になり演奏の邪魔になるに違いないのである。

加えてピアノの音量と朗読の声量のバランスの問題があった。声楽家や舞台俳優なら生の声でアコースティックの楽器と同等の声量を、自分で精密に調整しながらホールに響かせることができるだろうが、発声に関してまったく素人の私にそのようなことができるわけはなく、当然PA（拡声装置）に頼ることになった。けれどもピアノは生音のままなので、広いダイナミックレンジを持ってホール内部に反響するピアノの音と、PAを通してスピーカーから届く私の声のバランスを上手く保ちながら、その二種類の響きを聴衆の耳に自然に入るようにするのはたいへん難しいように思われた。

リハーサルの段階で一度、PAのバランスを知りたかったのだが、その時間がないままに結局本番となってしまった。本番では、客席の二列目の辺りにマイクを置いて録音してみた。そのデジタル・テープをあとで聞き返してみると、幸いなことにピアノと声は何とかバランスよく聞こえていたようである。私のほうでは声量は調整する余裕も技術もなかったが、ピアノのほうで上手く音量をコントロールしてもらったのである。色々な点でピアニストの齋藤秋子さんには、通常の演奏では予想もできないような特殊なご苦労をおかけしてしまった。

しかしながら本番でもっとも驚いたのは、ステージから見える客席の聴衆が、半分か、少なくとも三分の一ほどは目を閉じて聞いていることだった（……居眠りをしていた、のではないとすればだが）。私自身もピアノのコンサートなどでは目を閉じて響きに聞き入ることはあるが、朗読という行為も人々に目を閉じさせることがあるとは思っていなかった（……私の姿が見るに堪えないので皆が目を閉じていた、のではないとすればだが）。それゆえ一瞬、私は自分の暗記の苦労が無駄だったのではないかと思ったほどだ（無論、このような朗読を再びおこなうとしても、私はやはりテキストを「読む」スタイルはとらないだろうと思っている）。

さて、この催しを終えてあらためて考えても、意外なことと言うべきか、私の詩と朗読に関する気持ちは以前とほとんど変わっていなかった。詩はやはり読むべきものであり、聞くものではないと感じられた。私がもし自分の作品を聞くものとして人々の前に示す意味があるとすれば、それは今回のようにピアノの演奏と組み合わせた音楽の一形式とした場合に限るのであって、文学としては私はただ、それぞれの詩集、そのページに置かれた言葉を黙って提示するしかないのではあるまいか。そうして逆に言えば、肉声を伴ってピアノの音楽と組み合わされた詩の言葉は、詩集のページの中にあるものとは違った存在になり、もしもそれに耳傾けてくれる人がいて、詩集のページに置かれた活字よりも音となった言葉のほうがよいと言ってくれたとしても、それはそれで私には嬉しいのである。無論、詩集か朗読か、どちらかを選択しなければならないというものでもないし、おそらく多くの人にとってはそれらは詩に至る異なる道筋のそれぞれに過ぎないと感じられるだけだろう。

　けれども実際のところ、現代詩が混迷を極め行き詰まっているように、それを打開するためにおこなわれている朗読も本当は行き詰まっているのであって、それゆえにこそ私はさまざまな工夫をこらそうとしているのではないかとも思う。本来、朗読は詩が行き詰まっているのを解決するためになされる行為ではない。むしろ詩の興隆《こうりゅう》と共に盛んにおこなわれるべきものではないのか。

　私はつい最近『よみがえる自作朗読の世界』というCDをたまたま見つけて聞いた。萩原朔太郎や室生《むろう》犀星《さいせい》から与謝野晶子や高浜《たかはま》虚子《きょし》に至る詩、短歌、俳句を本人が朗読している貴重なSP録音をCDで復刻したもので、大正期からの詩歌の黄金時代を築いた詩人、歌人、俳人たちの生の声を聴くことができるのは得難い体験である。これら近代詩歌の名作には、現代の著名な俳優たちの朗読した録音も既に多くあり、それらに比べれば発声や間の取り方、情感の込め具合は、さすがに作者本人といえども及ばないところがあって、作者自身の朗読は実際は作品自体の鑑賞としてより、作者の「声」を聴くべき記録としての意味が強いといってても致し方ないであろうが、ただ、ここに収められた北原白秋《きたはらはくしゅう》の朗読は例外であり、実に驚嘆すべきものだ。同時代に生きたもっとも親密な詩人の同胞であった萩原朔太郎や室生犀星の、意外に平板《へいばん》な一本調子の読み方に比して、白秋はいかにも自然なリズムとイントネーションで、さらに絶妙の間を備えたまさしく音楽的としか言いようのない朗読を披露しており、それは本当に読んでいるというより自然に歌っているのであって、そのしみじみとした温かくやわらかな声が伝える彼自身の言葉を聴いていると、これはどんな名優の朗読もかなわないと心から感動する。

おそらく白秋は朗読をしようと思ってしているのではあるまい。詩とは歌うものであり、詩人は歌いながら書くものであって、それを読む人もまた歌うために読むのである……詩とは、言葉とは、本来歌であると信じて疑わなかった天性の詩人の声は、また、今日の詩人がわざわざ考えを巡らして朗読をすることの愚かさに警鐘を鳴らしているようでもある。

『動物の謝肉祭』――言葉と音楽の協奏曲

「おんぷの会」が主催する二〇二二年のクリスマス・コンサートでサン=サーンス作曲の『動物の謝肉祭』を演奏することになり、曲の合間に詩あるいは語りを入れてほしいと頼まれた。

『動物の謝肉祭』はそれぞれ異なる動物を表題にした十四の小曲からなる組曲で、元来は音楽だけの作品だが、現在では特に子ども向けに詩や語りを伴って演奏されることも多い。動物の生態を巧みに模した各曲の表情の豊かさやおもしろさが、子どもをピアノや管弦楽に親しませるのにうってつけと考えられているようだ。そのようなスタイルで指揮者のバーンスタインや小澤征爾らも、みずから子ども向けのナレーションを入れた録音を残している。

一方で、この組曲に内在する卓抜な象徴性とエスプリの利いた風刺性は大人をも魅きつけてきた。機知に富んだ軽妙な作風で知られるアメリカの詩人オグデン・ナッシュは『動物の謝肉祭』の各曲に、スパイスを効かせた詩を捧げている。これはカール・ベームがウィーン・フィル・ハーモニー管弦楽団を指揮し、イギリスの女優ハーマイオニー・ギンゴールドの朗読と組み合わせた録音で聴くことができる。

いずれにしても『動物の謝肉祭』が言葉を誘発する魅力に満ちていることはたしかだが、現代のこのような演奏形態はサン=サーンスのあずかり知らぬことであり、作曲者自身がこの様を知ったら、さぞかし驚くに違いない。それどころかサン＝サーンスは生前、この曲集を発表することを拒んでいた。十三曲目の「白鳥」のみは出版を許可したが、組曲としての演奏は初演を含めて生前は三回のみ、曲集の発表はサン＝サーンスの遺言により、作曲者の死後となった。

『動物の謝肉祭』は一八八六年、サン＝サーンスが五十一歳の時、知人のチェロ奏者シャルル・ルブークが催す夜会で演奏するために書かれた。サン＝サーンスが旅行したオーストリアのクルディムという小さな町で、実際に謝肉祭の最終日に作曲者自身もピアノの演奏で参加し初演がおこなわれた。彼がこの演奏会を、お祭りの余興的なものと考えていたことはほぼ間違いない。大半が一分から二分の極めて短い曲で、しかも他の作曲家や既存の曲の旋律を流用し、パロディとして楽しむべき部分も多い。交響曲、協奏曲からオペラまで、あらゆるジャンルに膨大な数の作品を残したサン＝サーンスにとって、この軽いお遊びのような組曲は正式な作品として数えられるものとは思われず、実際、作品番号も付けなかった。それが後世、この作曲家のもっとも人気の高い代表作と見なされるとは皮肉なものである。

さて、私は今回のコンサートで『動物の謝肉祭』にどのような言葉を加えようかと考え、子ども向けのナレーションと大人向けのオグデン・ナッシュのような詩と、各々の特性を兼ね備えたオリジナルの詩を作ることを試みた。以下、私の詩と、その自解を記す。

第一曲　序奏と百獣の王、ライオンの行進曲

謝肉祭
謝は感謝の謝　お肉さん　ありがとう?　いいえ
謝は謝罪の謝　お肉さん　ごめんなさい?　いいえ
謝にはやめる　という意味があります
お肉さん　しばらく食べるのやめます
でも　その前に　たくさん食べておこう
それが謝肉祭のお祭りです

今日は　動物たちのお祭り
ほら、動物たちが行進してきます
先頭にいるのは　やっぱり　王さま
動物の王さまは　ライオンです

強そうな足音が響いてきますね
恐そうに吠える声も聞こえますね

でも　本当は　やさしいんです
この世でいちばん強くなれるものは
いちばんやさしくなれるものなんです

「謝肉祭」あるいは「カーニバル」という言葉は我が国でもなじみはあるが、その文化的、宗教的背景が十分に知られているとは言い難い。西欧諸国でも今日の「謝肉祭」は実質、単なる「お祭り」とみなされていることが多いようだが、ここではあらためて作品の序奏として「謝肉祭」という行事の本質を理解する必要があると思った。そうすれば、人間に肉を食べられる側の動物たちが「謝肉祭」をするというサン＝サーンスの仕掛けた痛烈な皮肉にも気付いてもらえるはずである。

序奏が終わると、お祭りに参加する動物たちが入場してくる。最初はライオン。百獣の王をまず迎え入れなければ、ということか。「動物園でも、最初に見に行くのはライオンです」とバーンスタインは語っている。私もライオンの堂々とした姿を崇《あが》め、強さを称えたいが、同時に本当の強さがどういうものであるかを考えてほしいと願う。

第二曲　オンドリとメンドリ

ニワトリは目をむいて　くちをとがらせ
怒ったように　威張《いば》っているように　叫ぶ

ふん　飛べないくせに
……そうか　飛べないことに
自分でいらついているのか

ピアノと弦楽器とクラリネットで、けたたましいニワトリの鳴き声が模される。「コケコッコー」と高く鳴くのはオンドリだけで、メンドリは「コーッコッコ」と低く短く鳴く。もっとも曲の中では「コケコッコー」と、それほどはっきりとは聞こえないようだ。フランス語ではcocoricoと表記するので、日本語の擬音と比べても、もともとおとなしめに聞こえているのかもしれない。曲からは、むしろニワトリの攻撃的な目つきや、威嚇《いかく》するような摺《す》り足の動きがイメージされる。そうして一分に満たないこの曲のニワトリの声に私が感じるのは、何よりもニワトリの焦燥――いらだちである。

第三曲　野生のロバ

野生のロバって
静かでおとなしそうですが
実はがんこで走るのが早いんです
時速七十キロくらいで走れます
皆さん　ちゃんと聴いてないと　おいていかれますよ
でも　くれぐれも　あわてて　こロバないように

第三曲の表題の動物は通常ロバあるいはラバと訳されているが、そのイメージで聴くと驚くことになるだろう。二台のピアノの上を二十本の指が目まぐるしく駆け巡るのだ。原題のHémiones はアジアに生息する野生のロバで、時速六十から七十キロメートルで走るという。通常のロバは時速四十キロメートルくらい。ラバはロバと馬の交雑種なのでロバよりも足は速いが、ここに登場するのはあくまで野生種のロバであり、人工的に交雑したラバをイメージしてはいけないだろう。いずれにしても、サン＝サーンスはここでは明らかにロバの俊足を音で描いている。

第四曲　カメ

ゆっくりと生きているので　いつのまにか
自分が死んでしまったことにも気づかない
歩いていたら　そこはもう天国だった
いいじゃない　生きてても死んでも
そんなのカメへん

オッフェンバックの『天国と地獄』のスピード感あふれる有名なメロディーが、カメの歩く速さまでスローダウンされた、皮肉屋サン＝サーンスの面目躍如《めんぼくやくじょ》たるパロディの逸品。

なお『天国と地獄』の邦訳で親しまれているオペレッタの原題は、正確に訳せば『地獄のオルフェ』である。ここで使われている曲も「地獄のギャロップ」と名付けられているのだが、サン＝サーンスの手で思いっきりスローにされると、たしかに天国的に聞こえてくるから不思議である。

第五曲　ゾウ

あれは鼻ではない
顔の真ん中から生えた長い手だ
あれは耳ではない
大きな体をパタパタとあおぐための扇だ
あれは牙《きば》ではない
人を虜《とりこ》にする　月の光で磨かれた剣《つるぎ》だ

ベルリオーズ作『ファウストの劫罰《ごうばつ》』の「妖精の踊り」とメンデルスゾーン作『真夏の世の夢』のスケルツォ――共に妖精の飛翔する軽やかな曲をコントラバスに演奏させて巨体のゾウに転用する手法は、前曲の「カメ」と同様である。ただ、元の曲が『天国と地獄』ほど耳になじんではいないせいか（失礼！　優れた曲ではないという意味ではない）、ゆったりしたゾウの動作がうまく描出されている、と素直に聴いてしまって、サン＝サーンスの意には反することになるかもしれない。

第六曲　カンガルー

カンガルーはかんがえる
ぽっかりあいたおとしあな
とぼうか　とぶまいか　かんがえる
えいっととんで　すべっておちて
とんだことだとカンガえルー

二台のピアノが、跳びはねるカンガルーの様子を描き出す。この曲の軽快な響きに耳傾けているうちに、言葉遊びをしてみようと思いついた。

『動物の謝肉祭』の諧謔《かいぎゃく》性には、このような言葉遊びのスタイルがもっとも似つかわしいとあらためて感じる。

第七曲　水族館

おさかなたちは　眠る時も
目をとじないので
夢が　水にとけこんでしまう
だからいつも夢の中でのように
すいすいと泳いでいる

おさかなたちは　泣いても
涙が水に混じってしまうので
悲しいことを忘れてしまう
だからいつも楽しそうに
すいすいと泳いでいる

弦楽にピアノ、フルートとグラスハーモニカ（まさしく水が音を奏でる楽器）による幻想的なメロディーの美しさは「白鳥」と双壁《そうへき》を成す。詩も正攻法で抒情性を求めた。

第八曲　耳の長い登場人物

耳の長い登場人物ってだれ？
ウサギじゃないって？
それならロバでしょう？
ちがうって？
しロバくれちゃって！

ここは再びダジャレでおさめるのが得策だろうか。曲のほうも、バイオリンがロバの甲高《かんだか》いいななきを模するのみだ。余談だが、私はこの『動物の謝肉祭』に詩を付けるという話を受けた時、即座にルナールの『博物誌』を思い浮かべた。『動物の謝肉祭』は音楽において、『博物誌』は文学において、その軽妙洒脱な精神と知的な遊戯性で、まさしくフランスのエスプリを象徴する二作品だ。私は『動物の謝肉祭』の詩を書いて行き詰まると、そのたび『博物誌』を読み返して感覚を養った。直接にヒントとなるような言葉があるわけではないが、インスピレーションがわかない時に『博物誌』を読むと、こういうふうに書くのだよと励まされるような気がする。ちなみに『博物誌』では「ロバ」は一行で記されている――「大人になったウサギ」。

第九曲　森の奥のカッコウ

一本の笛で　二つの音符だけを
いつまでも練習している
上手《うま》く吹けないからではなく
ほかに何も吹けないから
この音しか出せないから
この歌しか歌えないから

そのことを知っているので
森の木も　明るい空も
やさしくこだまを返してあげている

カッコウは托卵《たくらん》する鳥として知られ、その習性ゆえ悪名高い存在となることもある。が、サン＝サーンスの曲でピアノの伴奏の上にクラリネットが奏でるカッコウの歌声は、もの寂しく暗い。我が子を育てることができない宿命を負わされたカッコウの嘆きの歌のようにも聞こえる。

古来、カッコウは詩歌や音楽の題材となることが多かった。イギリスの詩人ワーズワースの「カッコウに」では、春を告げる鳥として詠《うた》われており、少年の頃にカッコウの声に魅かれて森を探しても、ついに目にすることのできなかった懐かしい思い出が万感の思いを込めて綴られている。我が国の唱歌「静かな湖畔」は元来フランスおよびスイス民謡で、カッコウの鳴いていることを歌った原詩の翻案だが、曲調からも楽しげな歌だ。スウェーデンの作曲家ヨナーソンの「カッコウ・ワルツ」は子ども向けのかわいらしく陽気な曲。ベートーヴェンの交響曲『田園』でも、カッコウはのどかな歌声を響かせている。

しかしながら、日本の詩ではカッコウの声を寂しいものと捉えることが多い。金子光晴《かねこみつはる》の「かっこう」には、詩人がカッコウの声で過ぎ去った時と、出会って別れた人々のことを想起し、耐えきれぬ寂しさにおそわれる様子が描かれている。何より、別名で閑古鳥《かんこどり》と呼ばれていることが、日本人がその鳴き声に寂しさを感じていることの象徴である。「憂き我をさびしがらせよ閑古鳥」（芭蕉）。サン＝サーンスの曲に我が国の詩歌に詠まれたカッコウの寂しい歌声の響きを感じるのは、やはり私が日本人であるせいだろうか。

第十曲　鳥かご

あのね　そのね　なんだろね
そしたらそうね　そうかもね
それでも　そらね　そうだよね
それならまあね　いいかもね
えっとね　そうだね　すてきだね
おしゃべりしてて　日が暮れて
とっても大きな鳥かごに
おしゃべり音符がちらばって
かごのそうじがたいへんだ
まあね　そりゃね　ほんとだね

タイトルのvolière は大きな鳥かごを指し、禽舎《きんしゃ》、鳥小屋として数種類の鳥が何羽も入っていると思われる。実際、サン＝サーンスの曲に聞かれるのは、鳥かごの中で群れている小鳥たちの際限のないおしゃべりである。

第十一曲　ピアニスト

鍵盤の上のこまねずみ
めまぐるしく走り回って
足を踏み外さないように
踊りのステップをまちがえないように
なかなかいうことを聞かせられないけれど
いつかうまく飼いならせますように

『動物の謝肉祭』の中でもっとも痛烈な皮肉は「ピアニスト」だろう。自身、偉大なピアニストであったサン＝サーンスにとって、他の諸々のピアニストの演奏は聞くに堪えないものだったか、あるいは無味乾燥な練習曲を繰り返さなければ上達しないピアニストは、実に哀れな生き物と映ったか、いずれにせよ、この強烈至極な皮肉に対抗する詩を書くのは容易なことではない。

第十二曲　化石

生きていたときよりも楽しそうだ
どんな苦しみからも解放されて
もうこれ以上　年をとることもなくて
時間が初めて味方になってくれた

「ピアニスト」と並ぶ辛辣な皮肉の込められた「化石」は音楽の化石の謂《い》いで、フランスの古い流行歌の数々に、ロッシーニの『セビリャの理髪師』の一節を絡《から》め、サン＝サーンス自身の『死の舞踏』でまとめ上げるという凝りようだが、これも「ピアニスト」同様、サン＝サーンスの風刺に対抗するのは容易な技ではない。

第十三曲　白鳥

純白のドレスの
永遠の花嫁
太陽の王冠の
天翔《あまか》けるプリンセス
さざなみに白い影を映し
空に十字架の列を並べる

言うまでもなく『動物の謝肉祭』でもっとも有名な曲であり、サン＝サーンスの全作品中、もっとも親しまれている小品である。先に記した通り、サン＝サーンスは『動物の謝肉祭』を生前、出版する意志はなかったが、「白鳥」だけは例外だった。『動物の謝肉祭』はパロディや風刺に満ちた遊びの音楽という様相を呈しているが、この組曲の制作を依頼したチェロ奏者シャルル・ルブークに敬意を表してか、チェロの曲「白鳥」だけは遊びであることを止めて真摯な音楽として書かれている。

『動物の謝肉祭』に言葉を付けることを考えた時、私がまず思ったのは「白鳥」のことだった――「白鳥」に言葉を付けるのがいかに難しいかということだった。第一曲の「序奏」

から順に手を付けていき、多少は思いあぐねたものもないではないが、サン＝サーンスの「遊び」の心を伝えるという姿勢でなるたけ楽しい詩を心がければ、書くことに苦痛はなかった。しかしながら「白鳥」まで来て、最初に予感した通りに、はたと手が止まってしまった。それは、純粋な音楽として言葉を付すことを拒絶しているかのごときこの曲の圧倒的な美しさのためばかりではない。既に白鳥をテーマにした若山牧水《わかやまぼくすい》の絶唱（「白鳥は悲しからずや……」）や川崎洋《かわさきひろし》の名篇（「はねがぬれるよ　はくちょう……」）があることも、ここであらたに白鳥の詩を書くことを絶望的にさせる理由である。

英詩では桂冠《けいかん》詩人テニスンに「瀕死《ひんし》の白鳥」という名作があり、これにサン＝サーンスの曲を組み合わせてバレエ作品としたのがアンナ・パヴロワの「瀕死の白鳥」である。「瀕死の白鳥」はパヴロワの代名詞となり、チャイコフスキーの『白鳥の湖』をはじめ、その後のバレエに多大な影響を与えた傑作だが、私は実のところ、サン＝サーンスの「白鳥」に死を感じたことはない。むしろ完璧な生の美しさをみる。この曲の流麗な旋律から浮かび上がる純白の鳥の気高さと、その孤高の清らかさに死の影の忍び寄る隙は感じられない。

たしかに白い鳥が死をイメージする例は、日本武尊《やまとたけるのみこと》の伝説を筆頭に我が国でも古来枚挙《まいきょ》にいとまがないが、サン＝サーンスの「白鳥」にはまばゆいばかりの光に満ちた天上的な美しさと、その美しさを誇示する歓《よろこ》びはあっても、死にゆく悲しみは少なくとも私には感じられない。

第十四曲　フィナーレ

ライオンと白鳥が踊るなんてことあるだろうか
ゾウとカンガルーが手をとりあうなんて変だろうか
でもそれはまちがいじゃない
弱肉強食でも　動物たちは戦争はしない
食物連鎖の中で平和を保っている
動物たちは互いに互いが必要だと知っているから
だから動物たちの平和な世界に
人間は入ってはいけない
え、ピアニストがいる？
音楽を愛する人はいいんだよ！

冒頭にも記したように、今日、この『動物の謝肉祭』は子ども向けの作品と見なされていることも多く、それはサン＝サーンスの当初の意図とは異なるかもしれないが、実際に子どもが楽しめるのであれば構わないだろう。私自身は、子どもを意識しながら大人も楽しめるように考えた。ただ、不思議なことに、書いている時に現代の世界情勢が言葉の中に入り込んでくることをどうしても止めることができなかった。というのはロシアとウクライナの戦争をはじめとする人間同士の争いや世界の平和の問題である。動物たちの世界を見つめれば見つめるほど、人間の愚かさが浮き彫りにされるということを嫌というほど感じさせられた。同じような思いがサン＝サーンスの胸にも去来していただろうか。

＊私の詩を加えた『動物の謝肉祭』は、二〇二二年十二月十七日、あきた芸術劇場ミルハスにて上演された。

第二章

ボブ・ディランの詩学

一　ノーベル賞

二〇一六年のノーベル文学賞は、この賞が創設されて以来百十数年の歴史の中で疑いもなく画期的な、否、「革命的な」受賞例を作った。たしかにボブ・ディランが数年来ノーベル賞の候補に挙がっていることは知られていたが、それはスウェーデン・アカデミーも、今日の芸術文化に対するサブ・カルチャーの影響を無視できずに、多少は目配せをしているというポーズの程度と感じられたのであり、ディランが受賞の本命になり得ると予想した人は多くはなかったはずだ。それゆえディランの受賞は全世界に衝撃を与えたのだが、もっとも驚いたのは誰よりもディラン自身だった。受賞の発表後、しばらくの間当人と連絡がつかず、スウェーデン・アカデミーは遂に連絡を断念するという事態に至り、一部の人々がディランを無礼かつ傲慢と非難する一方で、ディランを反体制の代表と見なすファンは、彼の権威に対する超然たる態度にいよいよ賛嘆の念を深くした。そうしてかつてサルトルがこの賞を辞退――というよりも実質的には「拒否」したように、ディランが学術文化において世界最高の栄誉といえるノーベル賞をも「無視」しているに違いないとファンが思い始めた矢先、受賞を光栄に思うが実は私には状況がのみこめなかった、というディランのコメントが発表された。もっとも、賞はありがたく頂戴しても、受賞式には出席しないというディランの姿勢には依然として反体制的な孤高の精神が現れているようだが、いずれにしても歌手としての自分にノーベル文学賞がふさわしいのかどうかという問いかけを、ディラン自身が誰よりも強く持っていることは間違いない。スウェーデン・アカデミーはディランの受賞理由を「アメリカの偉大なる歌の伝統の中で、新しい詩的表現を生み出してきたこと」と言っているが、「歌の中で生み出された詩的表現」について考えることは決して容易ではない。なぜなら、歌詞は曲と不可分のものであり、歌詞のみを取り出して文学と見なし得るかどうか、言い方を換えれば、作者が歌詞のみを鑑賞されることを意図しているかどうかの問題がそこには生じるからだ。

文学の領域には詩や小説の他に戯曲があり、戯曲とは本来上演を目的とした作品だが、詩や小説と同等に書籍として出版され一種の対話体の小説として読まれている。かつて大学の英文科ではシェイクスピアが教材の定番であり、教師はシェイクスピアを訳読しながらも、シェイクスピアは本来読むものではないんだけれど……と釈明を加えるのが常だった。シェイクスピア自身も自分の言葉を「読まれる」ものと意図して書いたのではなかっただろうが、実際は没後七年目に作品集（『ファースト・フォリオ』）が出版されて以来、今日まで世界文学全集にシェイクスピアの作品が含まれないことはないのみならず、集中、沙翁《さおう》の戯曲集がもっとも重要な一巻となっていることは事実である。ディランがノーベル賞の授賞式に寄せたスピーチの文章には、このシェイクスピアの例が引かれている。

私は、文学の巨匠、ウィリアム・シェイクスピアのことを考え始めました。彼は自分を劇作家だと思っていたでしょう。ですから、文学の作品を書いているという意識はなかったはずです。彼の言葉は舞台上のためのものでした。つまり話されるためのものであり、読まれるためのものではなかったのです。もちろん、彼の胸中に創造精神と野心とが先にあったことは間違いないでしょうが、対処すべき現実的な問題が、それ以上に多くあったのです。（略）「これは文学か?」という問いかけがシェイクスピアの脳裏に浮かんだことは絶えてなかったと私は信じています。（略）私もシェイクスピアのように創造の道に励みながらも、この世界のあらゆる現実的な問題に対処しなければなりません。「この曲にはどのミュージシャンが一番合っているか?」とか「レコーディングはこのスタジオでいいのか?」とか「この曲はこのキーでいいのか?」というふうに。四百年経っても変わらないものはあるのです。「私の歌は文学か?」と自問したことは一度たりともありませんでした。ですから、この問いかけに答えるために時間をかけ、最後に素晴らしい結論を出してくれたスウェーデン・アカデミーに私は心より感謝申し上げます。

（ボブ・ディラン・ノーベル賞受賞スピーチ）

ここでボブ・ディランが提起している問題は大きく分けて二つある。一つは文学を含む芸術の位置だ。今日、巨匠と呼ばれている作家の中には、当人が生きていた時代においては流行作家の一人であった例が多くあり、また、現在、古典と見なされている作品が、その生み出された時代においては流行的な作品であった例が多くある。対して、生きていた時代にほとんど無名であり（例えばゴッホや宮澤賢治のように）死後になって初めて、その天才が認められた芸術家も多くいる。あるいは、生前名声を得ながら、その死と共に忘れ去られた芸術家もいる（例えばサリエリのように）。そうかと思えば、一旦忘れ去られた後、再発見された芸術家もいる（例えばバッハのように）。そのような中で、ベートーヴェンやピカソ、夏目漱石らは存命中人気の流行作家であり、死後はさらに稀代の芸術家として神格化された存在だ。ボブ・ディランが例に引いているシェイクスピアは、ベートーヴェンやピカソと同じく生前から有名だった。しかし、それは文学の巨匠としてではなく、一介の台本作者としてだ。彼が劇を書いた第一の目的は、自分の芝居に一人でも多くの観客を呼び込むことであって、ディランも言うように、古典的な名作を後世に残す「創造精神と野心」もあったには違いないが「対処すべき現実的な問題がそれ以上に多くあった」。もしも「文学」という呼称に常に古典を目指すべき高邁《こうまい》な、あるいは高尚な芸術精神が含まれるべきであるとすれば、シェイクスピアにおいて、そのような意識はなかったというのがディランの主張だ。これを別の見地から言うならば、「文学」や「芸術」には常に「永遠の名作」を志向するようなイメージがまとわりつくが、単に同世代の「うけ」を狙う流行的なものの中からも「永遠の名作」は生まれ得るということである。シェイクスピアの時代に芝居を観ることは、今日でいえばテレビや映画を見ることに等しかっただろうし、モーツァルトの時代にオペラの一節を口ずさむことは、現代においてカラオケで流行のヒットソングを歌うのと同じ感覚だった。とすれば、シェイクスピアやモーツァルトは当時のサブ・カルチャーあるいはポップ・カルチャーのスターに他ならず、そういう意味ではサブ・カルチャーやポップ・カルチャーこそ、いつの時代にも芸術の最先端なのだ。ボブ・ディランはスピーチ原稿の中で遠慮がちな言葉を用いているが、結局、スウェーデン・アカデミーがようやく時代に追い付いてきてくれたことに感慨を深くしているのだ。

ディランの提起している問題のもう一つは、芸術のジャンルあるいはスタイルの問題だ。文学の媒体が書物等に記された言葉であり、それを読むことが作品を受容する本来の姿であるとすれば、ディランの表現法はたしかに文学のスタイルにとどまるものではない。彼は言葉に曲を付けて歌い、我々はそれを聴く。要するに、その表現の半分は音楽の領域にあるわけで、言葉は音楽のためにあり、音楽は言葉のために存在するような一体化した表現のスタイルにおいて、歌詞のみを取り出してそれを文学と見なすことが果たして正当なのかという問題だ。そこで今一度シェイクスピアの例を引くならば、シェイクスピアは戯曲を役者が演じるためのものとして書いたのだが、その言葉は本のページのうえで読んでも十分に鑑賞し得るものであり、そういう意味で「文学的な」言語表現の占める割合が非常に大きいというのも事実だ。役者の台詞の表現や演技、舞台装置等がなくとも言葉のみで表現が成立しているということは、言い方を換えれば、シェイクスピアにとっては言葉こそが彼の演劇では真の主役だったからであり、当時の観客は役者の演技や衣装や舞台装置による以上に、何よりも言葉によって感動を得たのである。すなわち、エリザベス朝の芝居の観客は、劇を観る以上に文学を聞いていたのだ。それは、四百年以上前の演劇が舞台装置等の点で、今日と比較すればまったく「素朴」極まるものであったからという理由によるのでもあろうが、逆に言えば、視覚効果の貧しさを言葉の豊穣《ほうじょう》によって補う必要性において、シェイクスピアの天才は遺憾なく発揮されたのだ。シェイクスピアが劇的な作家である以上に詩人であったと言われるゆえんである。

シェイクスピアの詩人としての本質をもっとも簡明に指摘したのはおそらくゲーテだろう。ゲーテはシェイクスピアの「言葉」について次のように分析している。

> あたかもシェイクスピアはわれわれの目に訴えかけているように思われる。しかし、それは錯覚である。シェイクスピアの作品は決してわれわれの肉眼に訴えかけようとしているのではない。（略）シェイクスピアは、徹頭徹尾《てっとうてつび》われわれの内的感覚にむかって語りかけてくる。（略）シェイクスピアの作品を厳密に観察してみると、精神的な言葉にくらべて感覚的な行為がはるかに少ない。
>
> （ゲーテ「限りのないシェイクスピア」）

ゲーテのこの評言は誇張と感じられるかもしれないが、実はこの箇所はまだ穏やかなほうである。この論文の最終章で、みずから「ファウスト」という戯曲の傑作を書き、またヴァイマル劇場の総監督も務めたこの稀代の劇作詩人は、次のように結論している。

すぐれた人のなすことが、かならずしもすべてもっともすぐれた方法でなされるとは限らない。シェイクスピアが文学の歴史に属するのは必然であり、演劇の歴史に登場するのは偶然である。（略）演劇として必要とされる事柄は、彼には無意味であるように思われる。（略）ただわれわれはこのさい、しかも彼の名誉のために、舞台が彼の天才を発揮するのにふさわしい場所ではなかった、と言っておかなくてはならない。

（ゲーテ「限りのないシェイクスピア」）

ここに至ってゲーテは、シェイクスピアの台詞が当時の演劇の舞台装置や衣装の素朴さを補うために詩的な豊穣を実現しているという認識を越え、むしろ想像力の喚起を第一の目的とするシェイクスピアの演劇において、舞台装置や衣装は余計なものであり、役者の演技自体、無用であったというのみならず、戯曲はシェイクスピアの天才の浪費であり、彼の才能は劇以外のジャンル、すなわち詩の分野でこそ正当に発揮されたはずだと断言している。それでは演劇というジャンル、戯曲というスタイルはシェイクスピアにとって偶然のものであったのだろうか。それとも必然性があったのだろうか。作家とジャンル、スタイルには一体どのような関係性があるのか。それについて考えることで、ボブ・ディランが歌というジャンル、歌詞というスタイルをとることの重要性を説く鍵も得られるだろうか。

二　スタイル

スタイルstyleという語は、文学において文体および様式を意味するが、スタイルの問題についてイギリスの批評家J・M・マリは次のように書いている。

> 極めて明白なことであるが、スタイルに関するこのような考え方は、詩と散文の間には本質的な違いはないということを前提としている。幅広く、また筋道を立てて記される経験というものが、詩と散文のどちらの形で完全に表現されるかということは、主として偶然の環境の作用による。実際、私はその時代の流行がおそらくもっとも重要な要因だと思っている。エリザベス朝が演劇の時代であったように、十九世紀は小説の時代になっている。
>
> （J・M・マリ「スタイルの問題」）

マリがここで「偶然」と呼んでいるのは、スタイルを作家が意図して選んでいるのではなく、そのスタイルが流行している時代に作家がたまたま生まれついてそのスタイルを選んでしまう――しかもそれは作家の本能であり、かつもっとも正しい選択だという意味だ。シェイクスピアはエリザベス女王みずからが演劇を保護する時代に生を受けたがゆえに劇作を選択したのであり、もしも彼が十九世紀に生まれたのであれば、その天才は小説において発揮されただろうというのである。もっともマリはここで、スタイルにおける表現能力の差についても言及している。

散文の小説が詩のなしうることをすべてなしうるといっては、正しくはないであろう。けれども、散文の小説が詩のなしうるたいていのことはなしうると認め、また、散文の小説はまだとても未発達だと認めるならば、私の目的は十分に達せられるのである。

（J・M・マリ「スタイルの問題」）

詩と散文の本質的な差異、例えば前者の音楽性、情緒性や後者の論理性、批評性等をあえて保留にして、マリがここで主張しているのはいわばスタイルの進化論なのだ。文芸の発祥の時から現在に至る、詩、演劇、散文というスタイルの変化は、それ自体が時代の変転に応じたスタイルの進化の過程を示しているのであり、そうであればこそ、その時代の天才は本能的にその時代のスタイルを選択し、その天才によってまた、現存のスタイルは飛躍的な進化を遂げながら次の時代の新たなスタイルへの変革を準備することになる。

しかし、今はスタイルの変化、進化について論じるよりも、むしろいかなるスタイルであれ変化しないものについて考えなければならない。シェイクスピアが戯曲の中に記したのは紛れもない「詩」であるが、もしも彼がギリシア・ローマ時代にその地域に生まれたのであれば彼は迷うことなく悲劇詩を書き、イギリスでビクトリア朝に生を受けていれば小説に「詩」を籠《こ》めたに違いない。そのような事情は文学に限らない。例えばモーツァルトがウィーンで活躍していた当時、作曲家としての成功と名声は歌劇作品にかかっていた。したがって彼は多くの歌劇作品を書き、その中には「フィガロの結婚」や「魔笛」等、このジャンルの名作と見なされているものも多いが、小林秀雄が述べているようにモーツァルトの本質は歌劇的なものではない。

> 彼の歌劇には、歌劇作者よりも寧《むし》ろシンフォニイ作者が立つてゐる、と言つても強《あなが》ち過言ではないと思ふ。（略）モオツァルトといふ源泉が溢《あふ》れ、水は劇といふ川床を流れる。海に注ぐまで、この河は濁りを知らぬ。
> （小林秀雄「モオツァルト」）

モーツァルトの歌劇が「上演されても眼をつぶつてきくだらう」と記す小林秀雄の批評は、シェイクスピアの劇に対して「肉眼に訴えかけようとしているのではない」というゲーテの論と軌を一にしている。ゲーテもまた、シェイクスピアの劇が「上演されても眼をつぶつてきくだらう」と言いたかったに違いない。天才の源泉は常にその時代の「川床」を流れてゆくのだが、川床を準備するのは時代という偶然である。しかしながらそれは、天才の源泉が川床を無視する、あるいは川床に不満を抱くという意味ではない。むしろ天才の精神は、偶然によって用意された川床を最大限に利用しようと思うだろう。それゆえシェイクスピアは本心から劇を「見て」もらうことを望んだはずであり、自分の台本が書物として読み親しまれることは考えもしなかった。同様にモーツァルトは歌劇を書いた以上、やはりそれが「見られる」ことを希望したはずであり、二百年後にレコードやCD等でオペラの音楽のみに耳傾けられる時代が来るとは夢にも思わなかっただろう。演劇を取り除いた言葉のみを読むこと、あるいは歌劇を取り外した音楽のみを聴くこと――そのようにして作品と接することは作者の意図に反するものなのだが、しかし、そのようにしてこそ「天才の源泉」は露《あら》わにされる。

ボブ・ディランにとって歌は、シェイクスピアにとっての演劇、モーツァルトにとっての歌劇に等しいと言っては言い過ぎだろうか。現代において文学は、とりわけ詩は、歌詞というスタイルによって表現されるのがもっともふさわしいとスウェーデン・アカデミーは判断した。それならばディランの場合にも、歌という川床を剝ぎ取り、歌詞のみを読んで「天才の源泉」を味わうことは可能だろうし、誤った行為でもないだろう。歌手や音楽家としてではなく、あくまで詩人としてのディランについて、今、論じることが必要なのは何よりも彼自身がみずからの作品についてそれが文学か否か、答えることを放棄しているからだ。

三　『ボブ・ディラン』

ボブ・ディランは一九六二年、二十歳の時に、世間に向けて名刺を差し出すかのように自分の名前をそのままタイトルとした初めてのアルバムを発表した。収録されているのは十三曲だが、そのうちディランのオリジナルは二曲のみ。それ以外の十一曲のうち七曲はフォークのトラディショナルで、残りの四曲は他の作詞・作曲家による作品だ。この『ボブ・ディラン』の翌年、一九六三年にはビートルズがファースト・アルバム『プリーズ・プリーズ・ミー』をリリースしているのだが、ここでも全十七曲中オリジナルは八曲で、当時、デビュー盤にカバーが多いのは不思議なことではなかったが、新人ディランの場合にはそれとは別に、フォーク・ミュージックの伝統に則《のっと》ったという事情もあった。というのは、この時代までのフォーク・ソングはその語義通り「伝承歌、民謡」であり、久しく歌い継がれてきた曲を自分なりの演奏で聞かせ、次の世代へとつないでゆくのが流儀と見なされていたからだ。歌手が新しいオリジナルの曲を作って歌うスタイルは、ディランのデビューの頃にようやく始まりかけていたばかりだった。

ついでながらフォークとロックの関係の点でも、今日の感覚からすればロックのほうがより社会的、哲学的なイメージがあると感じられるかもしれないが、それはロックが十分な成長を遂げた現在から見ての話である。当時としては、「子どものロックンロール、大人のフォーク・ソング、とそんな感じだった。ロックンロールの反抗が感覚的、生理的なものだったのに対し、フォーク・ソングにとっての反抗はより理性的、観念的なものだった」（萩原健太『ボブ・ディランは何を歌ってきたのか』）。したがって、十代の最後の頃を迎えていたディランが子どもの感覚、生理よりも大人の理性、観念に惹かれたことは想像に難くない。以上のような状況からフォークの本流として制作されたディランのファースト・アルバムには、しかしながら、処女作にその作家のすべてがある――の言葉通り、その後半世紀を越えてまだなお歌い続けているディランのフォークというジャンルを超えた、まさにアルバムのタイトル通り『ボブ・ディラン』としか名づけようのないスタイルに発展してゆく要素のすべてが含まれている。

『ボブ・ディラン』は当初ほとんど売れず、発売後におこなったコンサートでも聴衆は五十人ほどしか集まらなかったといわれているが、今あらためて耳傾ければ、ディランの演奏と歌唱のスタイルが（フォークからロックへの様式の変遷はあっても）このファースト・アルバムにおいて既に完成されていることが認められる。つまり、後にディランが注目されるようになった時点でディランの音楽にようやく時代が追いついただけであり、時代がディランを変えたり育てたりしたわけではない（むしろディランは常に時代の手から逃げようとしている)。そうして、ファースト・アルバムの目的が前述したようにあくまで「フォーク・シンガー」としてのディランを知らしめることにあったのだとすれば「ソング・ライター」としてのディランを示すことは二の次であり、結果、オリジナルが二曲しか含まれていなくともまったく差し支えはなかった。

しかしながら、ここでは詩人としてのディランを考えるためにオリジナルの二曲に眼を向けなければならない。

まずアルバムの二曲目におかれている「ニューヨークを語る」だが、これはこのファースト・アルバムのプロデューサーをつとめたジョン・ハモンドにオーディションがわりに聞かせたといわれている曲で、その意味でデビュー前のディランの自信作であり、何より、ディラン自身にとって最初の重要な作品だった。

愛する町に別れを告げて／西部の田舎からさすらい出たのさ／それなりに上り下りを知ってはいたが／ニューヨークへたどり着いてみると／人間たちは地下へと下ってゆき／ビルのほうは天を目指して上へとそびえていたよ

（「ニューヨークを語る」）

常にポピュラー音楽シーンの中心に存在し続けてきた印象のあるボブ・ディランという人物が実際は地方の出身者であり、またその音楽的ポジションが反中央、反都会的なものであることを、この最初の詩からはあらためて感じとることができる。とりわけ第一連の最終二行では、シンプルこの上ない表現を用いながらニューヨークの摩天楼に象徴される都市文明と、その中で人間性が抑圧されてゆくことの対比が痛烈な皮肉とともに描き出されているのだが、そこには同時にニューヨークという大都会へ着いたばかりの若者が、天へそびえるビルを見上げてその巨大な迫力と進歩性に興奮を覚えているさまも読み取れる。（したがってディランの歌声が、この箇所でかすかな笑いを伴っていることは冷笑とも静かな歓喜ともとれ、いかにも効果的なのだが、それを伝えられないのが「歌」ではなく「詩」としてのみ見た場合の限界だろうか。）

だから太陽が温かく輝いていたある日の朝／おれはニューヨークの街からさまよい出た／帽子を目深《まぶか》にかぶって／西の空を目指したんだ／さいならニューヨーク／こんちわイーストオレンジ

（「ニューヨークを語る」）

「ニューヨークを語る」の最後の二行に記されているのは極めてプライベートなメッセージであり、ディランの伝記を知らなければその重要性を感じることは不可能だろう。ディランが郷里ミネソタの「田舎からさすらい出」て「ニューヨークへたどり着い」たのは一九六一年一月二十四日だった。その五日後の二十九日にディランは実際、ニューヨークからハドソン川を渡って二十五キロほど西のニュージャージー州イーストオレンジへ向かっているのだが、彼がその町へ行ったのはグレイストーン病院を訪ねるためであり、そこには彼が生涯の師と仰いだトーキング・ブルースの巨匠ウディ・ガスリーが入院していた。

トーキング・ブルースは、歌の形態としてはもっとも「語り」あるいは「朗読」に近く、ギターによる伴奏のコード進行はあっても歌のほうの旋律《せんりつ》はなきに等しく、歌詞はほとんどイントネーションのみで歌われる。それだけ言葉の比重が重くなり、内容もいわゆる「歌」が一般に叙情的な要素が濃いのに対し、トーキング・ブルースでは叙事性が強くなる。「ニューヨークを語る（トーキン・ニューヨーク）」は、そのタイトルからもわかる通りトーキング・ブルースとして書かれているが、ディランはこのトーキング・ブルースのスタイルを主としてウディ・ガスリーから学んだ。

すべての天才は模倣の天才であることから始まる。そして模倣とは「真似る」ことではなく「盗む」ことである。「真似る」とはみずからが相手のものとなることだが、「盗む」とは相手をみずからのものとすることだ。ディランもまた例外ではなく、この時、フォーク・シンガーとして、そしてトーキング・ブルースの先達としての、ウディ・ガスリーを徹底的に模倣した。

　一九二七年頃までは　おれにも／小さな農場があって　そこは天国だった／値段は上り

空から恵みの雨は落ち／獲れたものをぜんぶ町で売りさばいて／稼いだ金で服やら食い物やらを買い込み／子どもを育て家族に食わせた

（ウディ・ガスリー「砂嵐の語り歌」）

ウディ・ガスリーが「砂嵐の語り歌」に用いた「上り」と「落ち」の対比の妙を、ディランが二十五年後に「ニューヨークを語る」の第一連で真似たと推測するよりも、同じ「上がり（up）」と「下り、落ち（down）」が、ウディ・ガスリーの場合は現象を効果的に叙述する対比に留まっているのに対し、ディランのほうでは鋭利な批判を込めた象徴のレベルまで昇華されていることに注目すべきだろう。

このアルバムの他の曲はほとんどが伝承歌謡であるから、それぞれが歳月を経て琥珀《こはく》色に淀んだ古酒のように濃く味わい深い歌詞を持っているが、それに対して「ニューヨークを語る」には精製された毒のような鋭く危険な香りが漂っている。そして実際のところ「ニューヨークを語る」はニューヨークを語る以上にディラン自身のことを語り、同時にウディ・ガスリーのことを語っている。

『ボブ・ディラン』にはディランのオリジナルとしてもう一曲、「ウディに捧げる歌」が収められているが、これはトーキング・ブルースではなく文字通り「歌」であり「歌手」としてのディランの一面を端的に示している。音楽的キャリアの出発点において進むべき道を明確に示してくれたウディ・ガスリーに対する、ディランの満腔《まんこう》の敬意と感謝を示すものとして記念碑的な意味を持つこの曲の重要性は、例えばこの曲が一九九二年にオールスターキャストで開催されたディランのデビュー三十周年記念トリビュート・コンサートの最後に、ディラン自身がソロで歌った二曲の中の一曲であったことからもわかる。

本名のロバート・ジママンをイギリスの詩人ディラン・トマスにあやかってボブ・ディランという芸名に変えたといわれるこの歌手は、だが、初めから言葉を聞かせるための詩を書くことと、歌を聴かせるための詞を書くこととを区別しながら両立させていた。『ボブ・ディラン』に収められているオリジナルの二曲はまさしくこの両立を示しているのであり、その意味で「ウディに捧げる歌」はそのタイトル通りあくまで「歌」であって、「歌」としては重要だが詩としては重要さが希薄だといっても許されるだろうか。

ボブ・ディランはその少年期から「歌」を、しかも本質的にロックを志向していた。デビュー・アルバムの『ボブ・ディラン』はスタイルとしてはフォークと見なされるが、それはプロデューサーもボブ自身も当時の音楽的流行に合わせた結果に過ぎない。異常にビートの切れ味が鋭いアコースティック・ギターはドラムのリズムやベースのうねりを内包し、シャウトするようなハーモニカの奏法は実際はエレクトリックなリード・ギターの役割を演じていて、何よりもディランの荒々しい歌唱から、これらの演奏が単にフォークの皮をかぶったロックであることを見抜くのはさほど困難ではない。

ディランは一方で「言葉」にこだわりながら、「歌う」ことのこだわりも捨てたことはない。シンガーソングライターとしてオリジナルを歌うのが常套《じょうとう》となったフォーク、ロックの世代の中で、ディランほど他人の作品を歌うことに躊躇《ちゅうちょ》しないアーティストは稀だ。それもアルバムの中で何曲かカバーするのではなく、収録曲のほとんどすべてがカバーであるアルバムを何枚も出しており、ノーベル賞受賞後初のリリースとなった『トリプリケート』もオリジナルの作品集ではなくアメリカン・スタンダードのカバー・アルバムなのである。言葉および詩への情熱と、歌へのこだわりとはディランにとって車の両輪であり、それは処女作の『ボブ・ディラン』で既に明らかに示されていた。

四　歌う言葉と歌わない言葉

詩人としてのディランを論じようとしても、歌手としての彼を論じずに済ますことは不可能なのだが、それは、言葉には本来、歌と非常に密接な関係があるからだ。日本語の作品でも韻文《いんぶん》を総称して「詩歌」というが、「短歌」「和歌」という呼び名からも明らかなように、詩はかつて誦されるものだった。西欧語の場合も、例えばその代表的な定型詩形である「ソネット（sonnet）」という呼称の語源が、歌（song）あるいは音（sound）であることから同様の事情と了解できる。ゆえに現代においては音楽性の喪失が詩の衰退の要因の一つとなり、かわりに歌われる歌詞がかつての詩歌の役割を果たし、サブ・カルチャーあるいはポップ・カルチャーの隆盛につながっていると考えることもできる。

我が国の近代詩歌の確立において中心的な役割を果たした一人、北原白秋は鈴木三重吉《すずきみえきち》の主催する雑誌『赤い鳥』に誘われて「赤い鳥小鳥」を初めとする幾篇もの童謡を書いた。しかしながら当初、童謡に曲を付けることを白秋自身は拒否した。周知の通り、現在ではこの「赤い鳥小鳥」も含めて白秋の童謡は山田耕筰《やまだこうさく》や成田為三《なりたためぞう》のメロディーにより愛唱されているのだが、本来、白秋は曲がなくとも子どもたちは自然に歌うと感じ、そのほうが曲が付くよりもよいと信じていた。

然し、童謡の凡《すべ》てが専門の音楽家の手で作曲された上で、諸種の器楽の伴奏に連れて歌ふべきものとするは謬《あやま》りである。時には在来の童謡の如く、児童自身の身振り手拍子を以《もっ》て自由に素朴に歌はるべきものである。（北原白秋『新興童謡と児童自由詩』）

白秋にとって歌うのは子どもたちだけではなく、また童謡に限ったことでもなかった。白秋が童謡のみならず詩それ自体を「歌うもの」と信じて疑わなかったことは、何よりも彼自身の朗読が如実に示している。今日聞くことのできる白秋の自作朗読（CD『よみがえる自作朗読の世界』コロンビア）は、「思ひ出」「邪宗門秘曲《じゃしゅうもんひきょく》」「トラピストの牛」等、童謡ではないのだが、彼の朗読には芳醇な「音楽」があふれており、一旦この類稀な朗読を耳にすれば、現代の詩の朗読がいかに音楽性のないつまらないものかを思い知らされる。

無論、問題は朗読のほうにあるばかりではなく詩のほうにもあるのであって、現代詩自体が音楽性を喪失あるいは拒絶していることは先に述べた通りだ。それは現代音楽がリズムや旋律を（時には、音自体さえも）否定することで新しい表現を目指しながら、一般の聴衆を失ってゆくのと同じ軌道をたどっている。そうしてクラシック音楽が現代音楽において聴衆を失ってゆくのと、詩歌が現代詩において読者を失ってゆく軌道は、ポピュラー音楽の興隆という地点で合流し、音楽においてはビートルズのサウンド、そして詩においてはボブ・ディランの歌詞が、新しい世代の聴衆の受け皿となったのだ。

現代詩における音楽性あるいは音の要素の喪失をもっとも深刻に受け止めた詩人の一人が谷川俊太郎であり、それゆえに谷川は詩に音の重要性を回復するために「ことばあそびうた」等を書き、みずからも機会あるごとに朗読をおこなっている。といっても「ことばあそびうた」は音楽性の回復と同時に――あるいは回復のために――言葉における意味の喪失の可能性を追い求めた作品でもあって、その点であくまで言葉の持つ音と意味の調和に立脚していた白秋の時代の詩とは異なる。無論、必要なのは白秋の時代の詩に回帰することではない。進化の段階で一度失われたものを回復するということは退化でしかない。したがって現代詩が音楽性を回復するということは、それ以前とは違った形態を実現しなければならず、谷川の「ことばあそびうた」においては地口を基本とする音韻の徹底した遊戯性によって、言葉に内在する肉体性あるいは有機性が析出したが、反面、現実的な意味は濾過され無化されて、その点ではたしかに現代詩たり得ている。

このように形態は違うが、白秋でも谷川でも共通しているのは言葉自体に音楽があるという認識であり、言葉自体の音楽を重んじるならば曲を伴わなくとも詩集のページ上の文字にはおのずと旋律とリズムが生ずるはずで、そうであれば言葉は本来歌うものであって、作曲されなくとも歌われる状態が詩にとっては一つの理想であると言い得る。

今日、言葉の音楽性が見失われている原因の一つには、簡単に聴くことのできる「音楽の過剰」があるかもしれないし、その音楽に載せて無理やりに歌わせられている言葉の氾濫があるかもしれない。そのように詩も音楽も歌わせようという言葉であふれている時、ディランが目指しているのは音楽における歌わない言葉の確立であり、同時に、歌う言葉と歌わない言葉の間で絶妙な均衡を保ちながら歌と語りを融合させることだ。

ディランは、このビッグ・ネームたちのように数々のヒットを飛ばしてはいない。彼らのようにレコードを売り上げてはいない。（略）ビートルズは聴いていても、ボブ・ディランは名前しか知らない、という人は多い。

（湯浅学『ボブ・ディラン』）

ビートルズやストーンズに比して、必ずしも一般受けがしないというディランの特性は結局、ディランの歌の「歌わない」部分に起因する。歌わない言葉を音楽に載せるという逆説の中で、詩としての言葉が浮き彫りにされる。言い方を換えれば、音楽性を失った現代詩を音楽の中に浮べることで言葉の存在を意識させる。それが今日では、音楽に隷属《れいぞく》せずに言葉を自立させる唯一の方法かもしれない。

無論、ディランは歌手として歌い、言葉を歌として伝える面も持ち合わせている。『ボブ・ディラン』でも明らかなように、フォークの伝統を歌いつなぎ、同時に「ウディに捧げる歌」のような一般的な「歌う言葉」の歌も書き、その一方で「ニューヨークを語る」のトーキング・ブルースを発展させて、「歌わない言葉」を歌う独自のスタイルを作り上げてゆく多面体の存在である。詩人としてのディランを見るには「歌わない言葉」のほうに注目する必要があるのだが、『ボブ・ディラン』に次ぐ二枚目のアルバム『フリーホイーリン』には、まさしくディランの「歌わない言葉」が横溢《おういつ》している。

五　『ボブ・ディラン』から『フリーホイーリン』へ

デビュー盤『ボブ・ディラン』には死のイメージが濃厚だと言われるが、たしかに収録された十三曲のうち少なくとも半分は明らかに死についての曲だ。先に記したように、このアルバムにはディラン自身のオリジナル曲は二曲しか含まれておらず（そして、その二曲は特に死に関しては歌っていない）他はすべて既存のフォークやブルースやゴスペルの曲なのだが、それらを選んだ時点で、ディランの胸中では死への意識が非常に高まっていたということもできる。

弱冠二十歳のディランが、なぜ最初のアルバムにこれほど死の匂いを強く漂わせたかについては、アルバムの制作に入る前にディランが入院中であったウディ・ガスリーを見舞い、ディランにとって崇拝の対象であったこの伝説のシンガーが既に死の病に取り憑かれていたのを目の当たりにしたためであろうとも言われている。

なるほど、そのような影響も否定はできないかもしれないが、若者というものはむしろ齢を重ねた者以上に死について考え、死の観念に親しむものではないか。そこには若者特有の死に対するロマンティックな感情に加えて、若さゆえの死への遠望がある。それはちょうど、人がこれから登攀《とうはん》しようとする山をはるかに遠く眺め渡すのに似ている。つまり人生の入り口に立った者が、眼前に広がる今後のおのれの生を見渡し、生の最後に到達する山巓《さんてん》に目を凝らすようなものだ。山頂は距離的には遠いが、遠いほうが目にははっきりと見えている。山というものは、実際に登り始めるとかえってその姿が見えなくなってくる。まして山頂は近づくほどに視界から消えゆく。私たちは齢をとるにしたがい確実に死に近づき、そのことを了解しながらも死に対する意識はむしろ若い時分よりも鋭さを失ってゆく。

ボブ・ディランのファースト・アルバムにおける死をテーマにしたトラディショナルな曲の数々は、ひたすら死の暗闇について歌うことを生の証としているようであり、ディランの荒々しい雄叫びに込められたエネルギーは、人に課せられた生の暗さを死の闇で磨き上げようとしているかのようでもある。ここでの死のモチーフは、また、真摯な生の認識と同時に創造の世界での自己の誕生とも深く関わっている。例えば、春の始まりが冬の終わりであるように、ヒナの孵化《ふか》が卵殻の破壊であるように、人は創造者としての新たな自己を誕生させるためにそれまでの自分を埋葬しなければならない。

『ボブ・ディラン』のカバージャケットに写された二十歳のディランはふっくらとした頬のあたりにまだ幼さを残し、これ以後撮影されることになる写真では見られないような穏やかな表情の中に、かすかな笑みさえ浮べながら優しい眼差しを投げかけているが、真剣に生と向き合い始めた若者の常として、生の到達点である死を鋭く意識していたはずだ。同時にディランはアーティストとしてのみずからの魂の誕生のために、それまでの自身を一度死滅させなければならないことも承知していただろう。ファースト・アルバムで十三曲中の十一曲と、収録曲のほとんどをしめるトラディショナルは、まさにディランにとってみずからの音楽の揺籃《ようらん》であり卵殻だった。そうして、それまでの彼を支え守った卵殻を破り壊すヒナのくちばしのような役割を負っているのがオリジナルの二曲「ニューヨークを語る」と「ウディに捧げる歌」なのである。『ボブ・ディラン』の翌年に発売されたセカンド・アルバム

『フリーホイーリン』ではあたかも孵化したヒナが早々に翼を広げて大空を飛翔、旋回しているかのごとき、驚くべきディランの曲作りの成長の跡を見ることができる。

六　「風に吹かれて」

『フリーホイーリン』のジャケット写真は、ディランと当時の恋人スージー・ロトロがうっすらと雪の積もったニューヨークのウエスト・ヴィレッジ・ストリートを肩寄せあって歩く姿を映し出している。この写真を撮ったのは、ファースト・アルバムの時と同じくコロンビア・レコードに所属していた写真家のドン・ハンスタインであり、ディランがこの二作目で一躍有名になったおかげで、ジャケットを撮影したハンスタインもロックのレコード史にその名を刻むことになったのだが、その意味でハンスタインの代表作ともいえるこの写真は、しかしながら、非常に奇妙な一枚ではあるまいか。というのも、アーティストが演奏と直接関係のない——実際の演奏や楽曲のテーマに関わってはいない——人物を大きくジャケットに載せることは、通常はあまり考えられないからだ。

なぜディランは恋人と一緒の写真を用いたのか。スージー・ロトロという女性は共産党員の両親のもとに生まれ育ち、労働者運動に参加しながらフォーク・ソングにも詳しく、絵筆をとって絵も描けば（その影響で、ディランも絵画に興味を持ち、現在に至るまで絵を描き続けて自身の創造的活動の一部と位置付けている）アルチュール・ランボーの詩も愛読して、その難解さで知られる詩法をディランが学びとる契機をつくったといわれている。このように豊かな知性と感性に恵まれ行動力をも備えたスージーに対し、ディランがそれまでの女友達とはまったく次元の異なる魅力を感じて、自分がスージーと運命的な出会いをしたと考えたことは想像に難くない。また『フリーホイーリン』に収められた曲のいくつか、例えば「くよくよするなよ」等は、スージーへのせつない想いから生み出された作品であることも事実だ。しかしながら、どれほどに影響力の大きい恋人であったとしても、スージーとの関係はアルバムの制作作業とは別のあくまでプライベートなものに過ぎない。したがってディランがあえてスージーとのツーショットをジャケットに用いたということは『フリーホイーリン』というアルバムのプライベートな性格と、そのプライベート性の重要さを逆に示している。

実際、プライベート性の重要度ということは『フリーホイーリン』に限ったことではない。ボブ・ディランについては特に歌詞の内容に関して、政治批判や社会批評性が強調されることが多く、その要素が他のポップ・ミュージックの歌詞とは比較にならないほど濃厚であることを今さらここに繰り返す要はないだろうが、ディランが社会的あるいは政治的なアーティストであろうと意識したことは、根本的には一度もないのではあるまいか。ディランはその活動の初めから、ポップ・ミュージックのエンターテイメント性とフォークの民族性・伝統性を融合させながら、フォーク・ミュージックに本来備わっている社会批評性を、あくまで自身のプライベートな意識の中で発揮するという絶妙なバランス感覚を示して、それを貫いている。

芸術におけるいわゆる社会批評や政治・体制批判は、極めて個人的でプライベートな意識の中でおこなわれる時にこそ最高度の効力を発揮すると言えば逆説的に聞こえるだろうか。しかしながら社会批判や政治活動が時事的なもの、あるいは一過性のものである限り、それに限定的に連結した芸術活動は永続性を持ち難い。本当の芸術性は一時的な社会や政治の局面の奥に潜む真実の相を映し出さなければならないのであって、それを可能にするのはあくまでプライベートな意識による政治や社会の認識であり、個人の中に還元された世界像の創造である。もっとも、このような創造が可能であるのは、極度に個人的であることが、一般的、大衆的であることと同一であり得るという天才に限られる。換言すれば、このような天才において、個人の意識は個人であることの極限で、その一個人を超越し世の万人の意識の最奥にある（その意味で無意識とも言い得る）共通の認識にたどり着く。

『フリーホイーリン』の一曲目に置かれた「風に吹かれて」がディランの最初の代表作であり、ボブ・ディランの曲としては今日に至るまでもっともポピュラーな作品となっていることに異論を唱える者はいないだろうが、社会批評の代名詞のように思われているこの曲の歌詞が、実際は『フリーホイーリン』のジャケット写真のようにプライベートな心象風景を描き、また、真に個人的(同時に普遍的)な洞察を示していることを見逃してはならない。

人はどれだけの道を歩けばよいのか/人が人と呼ばれるまで/白い鳩はいくつの海を渡ればよいのか/砂の中で眠りにつくまで/砲弾は幾度飛び交えばよいのか/撃つことが禁じられるまで/友よ　答えは風に吹かれている/その答えは風に吹かれている

(「風に吹かれて」)

星の数ほどもあるフォーク、ロックの歌詞の中でももっとも印象的な詩行である冒頭の二行と、三行目から六行目にかけての戦争のイメージ(「砲弾」、対する「鳩」が戦争に対する平和のシンボルであることは言うまでもなく、「砂の中の眠り」で、その「鳩」の死が暗喩されている)とは一見緊密には連動していないように感じられるかもしれないが、それは、この二行が「風に吹かれて」の元歌となった黒人霊歌(伝承歌)の痕跡を残しているからだ。「風に吹かれて」の旋律は「競《せ》り売り台に立つのはいやだ(ノー・モア・オークション・ブロック)」または「みんな売られちまった(メニ・サウザンド・ゴーン)」のタイトルで歌い継がれてきた黒人霊歌の旋律を流用していると言われている。

競り売り台に立つのはいやだ/もうほんとうにいやだ/競り売り台に立つのはいや

だ／みんな売られちまった
奴隷のくさりはいやだ／もうほんとうにいやだ／奴隷のくさりはいやだ／みんな売られちまった
（黒人霊歌「競り売り台に立つのはいやだ」）

これは八連まである歌詞の最初と最後の二連だが、奴隷として売買され酷使される絶望的な苦悩と悲痛を訴えるこの歌は、アメリカで南北戦争の際に兵士としてもかりたてられた黒人たちが行進しながら歌って広められたと伝えられている。したがってディランが「風に吹かれて」の冒頭で「人はどれだけの道を歩けばよいのか／人が人と呼ばれるまで」と記した時には、奴隷解放以前の（同時に、現在に至るまで依然として消え去ることがない、と彼の感じている）黒人に対する差別への批判が内在していたはずだ。しかしながらそれは、三行目以降の反戦的な詩句の中で黒人のみならず白人も同様に戦闘にかり出されることで、人間としての存在の認識や意義を剝奪されてゆくことへの痛烈な批判として意味合いが拡大してゆく。

その意味を保ったまま原詩の英語manを日本語に移すのは難しい。ディランの全詩を訳出している片桐ユズルが二行目を「一人前の男としてみとめられるのか」としているのは、manを「人」というだけでは意味が通じ難いと判断したからだろう。けれども「一人前の男」と訳してしまうと、社会的な「一人前の男」に成長するというようなニュアンスが出てきて、この歌詞全体の反戦的な、あるいは反体制的なテーマに結び付きにくい。先に記した私訳では「人が人と呼ばれるまでには」とほとんど直訳にしたが、特に歌詞の一番においてmanに、黒人や兵士のように「人」を「人」とも思わないような扱いをされている存在という意味合いを含ませていると考えた場合、直訳だが「人」とするのがもっともふさわしいのではないか。そうして歌詞が二番、三番と進むにつれて「人」は一般的な意味の「すべての人」へと拡大し、「見る」ことも「聞く」ことも「気付く」こともできない（気付いても気付かないふりをし続ける）愚かな存在として位置付けられるようになる。

収録された十三曲中の十一曲がフォークのトラディショナルであったファースト・アルバムに対して、『フリーホイーリン』では同数の全十三曲がオリジナルとしてクレジットされているので、ファーストとセカンドでは大きなスタイルの転換がはかられたかのような印象が生ずるかもしれない。けれども実際には『フリーホイーリン』の曲の大半は、その歌詞やメロディーがトラディショナル等の既存の曲から借用されてディラン流に換骨奪胎《かんこつだったい》された作品であり、その点で伝統を継承しながら自身の表現を加えてゆくというフォークの流儀は遵《じゅん》守《しゅ》されている。すなわち、セカンドの『フリーホイーリン』は間違いなくファーストの『ボブ・ディラン』の延長線上に位置しており、そのような中で一曲目に置かれた「風に吹かれて」で、ディランは黒人霊歌の旋律を流用しながら新たな歌詞を載せて、作曲家として以上に詩人としての誕生を示している。

各連の最終行でリフレインとなる「答えは風に吹かれている」の部分の旋律は、黒人霊歌からの借用ではなくディランがオリジナルで付加したものだが、「答え」は「真実」と同義であり、それが「風に吹かれている」という表現は、真実が見る目をもって見れば常に目の前に見出せるという主張と、目の前にありながら（風を見て風を捉えることが困難であるように）それを捉えることの非常な困難が示され、一種の諦観をも感じさせる。また「風」は地球の呼吸であり、地上をさまよう永遠の旅人であり、絶えずこの世界に響きわたる神々の声でもあって、ディランの歌声もそれに重なり「答えが風に吹かれている」とはすなわち真実が常に歌の中にあるとの謂いでもある。

このように高度に思索的、象徴的な歌詞がフォーク、ロックの世界で書かれた例はなかったであろう。それゆえ「風に吹かれて」が発表された当時、この歌詞に対して専門家や他のアーティストたちからは辛辣な批判や否定的な反応が多かった。

修辞的な質問を並べていく歌詞については、かなり批判が寄せられ、ニューヨークのフォークアーティストの多くが、この歌をよい歌だとは思わなかった。関連のない質問がたたみかけるように続き、最後までどの質問も解決されず、答えは風のなかで鳴っているというだけで、イメージがあまりにも漠然としている、つまり何も意味が伝わらないと批判されたのだ。

（ハワード・スーンズ『ダウン・ザ・ハイウェイ』）

今日の私たちから見れば、歌詞に記されているのは「関連のない質問」ではない。それらは一見ばらばらな問いかけのように見えても、互いに距離を保ちながら、それぞれがしかるべき場所に位置する一個ずつの星であり、全体を見れば天空に広がる巨大なスケールで詩行の星座を形成していることがわかる。また「どの質問も解決され」ないのではなく、答えは「風に吹かれている」と明示されているのだが、これは「意味が伝わらない」表現をしているのではなくて、そのような言葉でしか表現しようのない意味を伝えようとしているのだ。

ピート・シーガーはこの曲を評価しておらず、「あの歌は好きではない。あまりに安易すぎる」と言う。（ハワード・スーンズ『ダウン・ザ・ハイウェイ』）

ピート・シーガーは「花はどこへ行った」というフォークのクラシックの作者として知られているが、ボブ・ディランよりも二十二歳年長であり、まだ無名のディランがニューヨークへ出てきてグリニッジ・ヴィレッジで弾き語りのアルバイトを始めた時には、フォーク・リヴァイヴァルの立役者として既にアーティストの長老格となっており、ウディ・ガスリーの後継者とも見なされて尊敬を集める存在だった。反戦活動や公民権運動、共産主義や組合活動、そして環境問題に至るまで、多方面にわたるトピックを扱うプロテスト・ソングのパイオニアの役割を果たしたシーガーの功績は計り知れないが、歌によって簡明率直に政治的、社会的な抗議の姿勢を示すことが主眼であるシーガーにとっては、「風に吹かれて」が「安易」に感じられたとしても致し方なかっただろう。

もしもハンマーがあったなら／朝から叩きつける／日が暮れても叩きつける／この国じゅうのどこででも
危険を叩いて出してやる／警告を叩いて出してやる／われらが兄弟の愛を叩いて出してやる／この国じゅうのどこででも
（ピート・シーガー「天使のハンマー」）

「天使のハンマー」という、原詩のテーマとはいささか径庭《けいてい》のある邦訳タイトルの付せられたこの曲は「花はどこへ行った」と並ぶシーガーの代表作であり、特に公民権運動の際に広く歌われたアメリカのスタンダードで、一九六二年から六三年にかけてピーター・ポール&マリーやトリニ・ロペスも歌って全米で大ヒットを記録している。ディランが『フリーホイーリン』を発表したのは六三年の五月だから、シーガーはまさしく自作の「天使のハンマー」がヒット・チャートをにぎわしているさなかにディランの「風に吹かれて」を耳にして、その「安易」さに不満を漏らしたのだ。

「天使のハンマー」の歌詞を一読すればわかるように、シーガーにとって歌とは強力に叩きつけ打ち鳴らし、万人を鼓舞するハンマーのようなものでなくてはならなかった。プロテスト・ソングには一聴してスローガンとわかる具体的な明快さと攻撃的な姿勢が必要であり、そのためには、まさしくハンマー的な重量感と破壊力とを備えたシンプルな歌詞が不可欠だった。それに対してディランの書こうとしている歌詞は、現実を破壊し改革を打ち出すためのハンマーのようなものではなかった。ディランの言葉は、さまざまな問題を抱えた現実のあらゆる面を鋭利に切り裂き、真実をえぐり出して提示する刃物のようなものであって、その意味でディランの歌は初めからいわゆるプロテスト・ソングとは一線を画す性格を備えていた。

七　詩人の誕生

ファースト・アルバムに収められていたディランの最初のオリジナル作である「ニューヨークを語る」がそうであったように、ディランの目は当初から社会の体制の不平等や政治の虚偽、腐敗に向けられていたが、その言葉は常に事態を直接的に告発するためではなく、事実を象徴的に叙述するために用いられていた。実際、ディランにはみずからの主義、主張、思想というものはない。彼はただ、見たもの、聞いたもの、感じたことを私見を交えずありのままに語る姿勢を貫こうとしているだけであって、その無私の精神ゆえに言葉を書いているのが自分であるという意識さえなかったことは、次のような告白からもうかがえる。

歌はすでに存在している。すでにそこにあって、だれかが紙に書きつけてくれるのを待っている。ぼくはただ、それを紙に書いているだけだ。ぼくがやらなくても、ほかのだれかがおなじことをする……

（ハワード・スーンズ『ダウン・ザ・ハイウェイ』）

モーツァルトやシェイクスピアが記したとしてもおかしくはないこのような言葉はおそらく、当時のディランにとって決して誇張でもてらいでもなかっただろう。マーク・スポーストラという、ボブがグリニッジ・ヴィレッジに来てすぐにコンビを組んだシンガーは、ディランが作詩をしている様子を普段からよく目にしていて、次のように言っている。

どこでもいつでも書いていた。ガーディス・フォークシティのどこかの席に座って、ほかのみんなが酒を飲んだり話をしたりしていても、ナプキンに歌詞を書きつけていた。だれも、それをやめさせることはできなかった。

（ハワード・スーンズ『ダウン・ザ・ハイウェイ』）

このようにして「風に吹かれて」の歌詞も、一九六二年の四月頃にカフェの片隅の席に座ったまま数分間で書き上げられたという。おそらく彼の指先は自動機械のように動いて、まるで何かに操られているかのごとくに文字を記してゆき、当のディランは煙草《たばこ》をくわえたまま詞ができあがってゆくのをぼうっと眺めている……そんなふうであったろうか。たしかにディランの意識の中では、自分の言葉ではなく「既にある、だれかの言葉」を書き写しているに過ぎないのかもしれないが、創作における本当の自由とはそういうものであり、また、真の個性とはそのようにしてしか現れ得ないものだろう。個性とは神の声が、あるいは天の意思が一人の人間を通過する際に、その人間の内部で起こす摩擦のようなものだ。アルバムのタイトル『フリーホイーリン』は「自由に」「気ままに」あるいは「惰性《だせい》で」という意味だが、ここでのディランは、実際、何ものにも——自分自身にさえも——囚われてはいない。このアルバムが社会的というよりも、個人的で同時に普遍的であるのはそのような意味においてだ。

一方でディランの「歌はすでに存在している」という言葉は、彼の想像力の横溢を示しながらも、まったく反対の意味で、みずからの創造性を最小限に感ずる極めて謙虚な姿勢をも表している。

わたしが生きている時代はこの時代とはちがうが、それでも理解を超えた形でそれを継承していて、よく似ている。少しではなく大いに似ている。私が生きているのはひとつの広範な連続体としての社会であり、そこで生きる人々の基本的な心理のすべてが、その連続体の一部なのだ。そこに明かりを当てれば、複雑な人間性というものが見えてくる。……まったく新しくつくり出されたものなど何もない。この厳然たる真実が、このあとわたしが書く歌を支える包括的なひな型になる。（ボブ・ディラン『ボブ・ディラン自伝』）

この自伝の一節はディランが作詩の方法を模索してニューヨーク公立図書館に行き、一八〇〇年代半ばの新聞をマイクロフィルムで読みふけって、自分の「書く歌」についての啓示を受けた際の事情を物語っている（したがって引用文中の「この時代」というのは南北戦争当時である）。創作に関するこのようなディランの意識をさらに詳細に説明すれば、次のようになる。

自分が新しく作り出したと思ったものは、昔どこかで誰かがすでに作ったものであるかもしれない、という認識をボブは新たにした。その中で創作していくことは、つまり歌を作り歌うことそれ自体が先人の何らかの意志を受け継ぐことになる（なってしまう）のだと思った。極論すれば、まったく新しく作り出されたものなど何もないのではないか。少なくとも一〇〇年前の人々が露ほども考えつかなかったことから作りだされたものなど、今の世にはない。新しい創造などと思い上がってはいけない。

（湯浅学『ボブ・ディラン』）

彼が「歌はすでに存在している」と言う時、それは歌が既に存在しているがまだ書かれてはいないという未来形の意味だが、「まったく新しくつくり出されたものなど何もない」と言う時、それは新しい歌も過去に存在したものを反復するに過ぎないという過去形の意味であって、この未来と過去が本質的に同一のものであるというのがディランの歴史感覚の核心だ。つまるところ過去のものも未来のものも、本来あるひとつのものをなぞる繰り返しに過ぎないのであり、その「本来あるもの」を永遠の時間に属する真理と呼ぶのであって、ディランにとっては、その「本来あるもの」の最初の発現が「風に吹かれて」だった。

「風に吹かれて」は文字通りディランの出世作だったが、ヒットに結び付いたのがディラン本人の歌ではなくピーター・ポール＆マリーのカバーであったということは、ディランの作品を考えるうえで非常に興味深い事実である。ピーター・ポール＆マリーは一九六二年五月、ディランのファースト・アルバムより二か月遅れてデビュー・アルバムを出しているのだが、ディランのほうがほとんど売れなかったのに対して、初めから大ヒットをとばして人気のトリオになった。ちなみにピーター・ポール＆マリーのマネージャーであったアルバート・グロスマンは、当時ボブ・ディランのマネージャーでもあった。それゆえディランが『フリーホイーリン』を出した翌月に、このアルバムの巻頭曲である「風に吹かれて」をピーター・ポール＆マリーがシングル曲として発売するという荒技も可能だったのだが、いずれにしてもグロスマンはディランの曲の真価を見抜いたうえで、ディランの曲は本人よりもピーター・ポール＆マリーに歌わせたほうが万人向けであることを察知したのだ。

マリー・トラヴァースの澄んだ歌声とピーターとポールの温かなハーモニー、そして精緻で細やかなギターのアルペジオ奏法——聴く人をやさしく包み込む雰囲気にあふれた演奏は、このトリオのメンバーよりも三歳から四歳若かったにもかかわらず、まるで老人のようにしゃがれた声に乾燥したギターのストロークと荒野に吹く風のようなブルースハープによるディラン本人の、わざと無表情を装っているかのような演奏とは対照的である。何よりもディランの演奏と比較した場合、ピーター・ポール＆マリーは「歌っている」のであり、音楽としての歌を伝えようとしているのに対して、ディランは言葉そのものを突きつけようとしている。誤解を恐れずに言えば、ディランの音楽は言葉を伝えるための一手段として奏でられているに過ぎない。さらに言えば、ディランは美しく歌ってしまうことによって音楽的には感動を与えることができても、伝えられる言葉の感動は希薄になってしまうことを警戒しているかのような演奏スタイルをとっている。

ピーター・ポール＆マリーの「風に吹かれて」は、シングル盤として発売後二か月で全米ヒット・チャートの二位まで上りつめ、それに便乗しようとレコード会社は早速ディラン自身の「風に吹かれて」をシングル盤として発売したのだが、この本人のレコードはまったくヒットしなかった。この事実は何を語っているか。ピーター・ポール＆マリーの演奏に比べて作者のボブ・ディランの歌唱や演奏が劣っているわけでは無論ない。単に大衆はディランの提示する詩について考えさせられるよりも、ピーター・ポール＆マリーの音楽の美しさを味わうことを好んだのである。

「風に吹かれて」の歌詞は、メロディーを伴っていなくとも純粋な詩として読むことが可能であり、むしろ詩として読まなければ、その本来の意味合いは捉え難いかもしれないが、今日では詩としてよりも歌詞として――メロディーを伴う歌として表現するほうがより多くの人に受容してもらえる。そういう点で歌詞と曲との力関係は反比例するとも言えるが、「風に吹かれて」で幕を開ける『フリーホイーリン』の十三曲は、いずれも曲の内容に合わせて詞と曲そして歌唱の関係性が絶妙のバランスを保っている。二曲目の「北国の少女」はイギリスのトラディショナルをモチーフにしたメロディアスなラブ・ソングで、三曲目の「戦争の親玉」は痛烈な反戦歌、四曲目の「ダウン・ザ・ハイウェイ」は当時イタリアへ行っていた恋人のスージー・ロトロへの想いを歌った内容で、スタイルとしてはトーキング・ブルース――と、このアルバムに収められた曲は中途でプロデューサーが交代したことも影響してか、内容的にもバラエティに富んでいるのだが、クライマックスが「はげしい雨が降る」であることに異論を唱える者はいないだろう。

八　「はげしい雨が降る」

ポピュラー・ソングの演奏時間が平均三分間であった当時「はげしい雨が降る」はその倍以上の七分で、それまでにディランが作った曲の中でも最長であり、後の名曲「ライク・ア・ローリング・ストーン」の六分十秒をも上回り、当然ながら詞の分量も最大で、同時に詩としての内容の重量度も非常に大きい。

アメリカでは多くが変わりつつあった。社会学者が、テレビには恐ろしい作為が内在して、青少年の思考力と想像力を破壊していると語っていた——若者たちは長時間の集中ができなくなっていると。きっとそのとおりなのだろうが、一曲が三分間しかない歌も同じことをしている。（略）三分の歌の場合、聞き手は二十分前どころか十分前のことさえ思いだす必要がない。関連づけなくてはならないものがない。おぼえておくものがない。（略）わたしは短い歌のサイクルで考える習慣を捨て、どんどん長い詩を読むようになり、読んだものの最初の部分を思い出せるかどうかをチェックするようになった。そうやって頭を鍛えて憂うべき習慣を放棄し、じっくりと落ち着くことを学んだ。（略）いままでは空の荷馬車を引いていたのに、いまはたくさんの荷物をのせて、前より強い力で引いているような気がした。

（ボブ・ディラン『ボブ・ディラン自伝』）

テレビのように映像が目まぐるしく変転し、短時間に強烈な刺激を与えて惹きつけようとすること、あるいはファースト・フードやインスタント食品のように短い調理時間や手間の少なさを優先し、次々と消費し、廃棄し、忘却すること――「思考力と創造力」の「破壊」を推し進めるそのような現代文明に対しディランは警鐘を鳴らし、「長い詩」へと移行する決意を固めるのだが、その最初の作品が「はげしい雨が降る」だ。

ディランがこの詞を書くに際して下敷きとしたのは中世イギリスのバラッド「ランダル卿《きょう》(ロード・ランダル)」だった。

「どこへ行っていたのですか ランダル卿／一体どこへ行っていたのです 私のかわいい子」／「緑の森に行っていました お母上 すぐに床を延べてください／狩りで疲れましたから 横になれば直りますから」

(バラッド「ランダル卿」)

どこへ行っていたのだ 青い目のおまえ／どこへ行っていたのだ 私のかわいい子／霧のかかった十二の山々をよろめき歩いていた／曲がりくねった六つの道をはいつくばって歩いてきた／哀しい七つの森の真ん中に分け入ってきた／死んだ十二の海の前にも出てきた／墓場の入り口から一万マイル入ったところにいた／そして はげしい はげしい はげしい／はげしい雨が降りそうなんだ

(「はげしい雨が降る」)

毒を盛られたとおぼしき息子のランダル卿が、母親に出先での出来事を語りながら、死を予感して形見分けの会話を続けるという謎めいた原詩の雰囲気はそのままに、ディランは息子の答えの部分を拡張して、アルチュール・ランボーの影響を色濃くうかがわせる象徴的な異界のパノラマを描き出している。その導入部となる、この一番目の歌詞でディランが用いているのは数字のトリックであり、その一つ一つが風景の幻想性に精緻なリアリティを付加するうえで非常な効力を発揮している。

リフレインとなる「はげしい雨が降る」に関しては、この歌が書かれた当時、米国内はいわゆるキューバ危機で核戦争の恐怖に直面していたことから、「雨」は放射能の雨を意味し歌詞全体が核戦争に陥った世界の地獄図と解釈されることも多い。たしかにディランがその時々の社会状況に敏感であることは事実だが、彼の詩のテーマは常に時事問題的な一時性を超えたところに置かれている。彼自身「はげしい雨」は「原爆の雨じゃない」と断言している。

「僕は『毒の玉粒が僕ら皆を水浸しにする』と言っている――僕が意味しているのはラジオや新聞で語られ、人々の頭から考えを奪っていく嘘っぱちのあれこれだ。そういった嘘っぱちを僕は毒だと考えているんだ」

（ボブ・ディラン『ボブ・ディラン自伝』）

ラジオやテレビや新聞や演説会や教壇で語られる数限りない嘘の言葉に毒されてはいけな

い――「はげしい雨」のリフレインはそのまま、真実が「答えは風の中にある」というリフレインに回帰してゆく。

デビュー以来、フォーク・ロックの分野に革命をもたらし、新しい時代のいわゆるポップ・カルチャーあるいはサブ・カルチャーと称される文化を確立した代表者の一人ともいえるディランのスタイルが、実際は現代文明や若者文化への疑問であり批判の結果であって、楽曲においても詞においても中世バラッドや黒人霊歌をモチーフにするという古典復古や原点回帰が中核となっていることを忘れてはならない。もっとも古いものにこそもっとも新しいものが息づいており、古いものを離れて新しいものが存在するのは不可能であって、古いものを絶えずよみがえらせることが新しさの本当の意味であることをディランは、その活動の最初から本能的に知っていた。

キューバ危機を回避したケネディ大統領が、その翌年の一九六三年十一月に暗殺された時、ボブ・ディランは既に『フリーホイーリン』の大成功によってカーネギーホールを満員にするスターとなっていた。ディランはその年の十二月にトム・ペイン賞を受けており、これは以降彼が芸術、文化、政治、社会の各分野でさまざまな賞を受けてゆくことになる、その最初の受賞となったのだが、公民権運動に貢献したとして授けられた、この社会正義を讃える賞のセレモニーで思いもかけないスピーチをしている。

「ケネディ大統領を撃ったリー・オズワルドは——彼が何を考えているのかは正確にはわかりませんが——ですが、正直に言ってぼくもまた——つまり彼のなかに自分の一部を見ました。」……ボブはぼそぼそとつづけた。「——彼が感じていたのとおなじものがぼくのなかにもあるということです」

（ハワード・スーンズ『ダウン・ザ・ハイウェイ』）

これは社会正義を主張する活動家の言葉ではない。いかなる場合でも人間の心の奥底に潜む闇を見るように運命づけられた詩人の言葉だ。したがって、その活動の初めからプロテスト・ソングや社会批判活動の旗手と称賛されること自体が、ディランにとってはまさしく「はげしい雨」に打たれるようなものだった。繰り返すが『フリーホイーリン』はスージーとのツーショットのジャケット写真に象徴されるように、あくまでもプライベートな心象風景を綴った詩人の赤裸々な言葉のアルバムである。キューバ危機に警鐘を鳴らすよりも、ケネディ暗殺犯の心情に同調を示さずにはいられない魂の暗部を記した告白集なのだ。

二〇一六年のノーベル文学賞授賞式をディランは欠席し、かわりにパティ・スミスが出て「はげしい雨が降る」を歌った。ディランにとってはノーベル賞とそれに伴うあの前代未聞の騒動自体も、大きなはげしい雨粒であったと言えるだろう。

九　『時代は変る』

デビュー当時から自身の指標だったウディ・ガスリーを彷彿とさせる、苦悩に満ちた労働者のような表情を浮かべたセピア色の肖像――ディランの三枚目のアルバム『時代は変る』は、バリー・フェインスタインの手になるこのジャケット写真に象徴されるように、プロテスト・ソングの潮流に属し、同時にこのスタイルにおけるディランの作品の完成形と見なすことができる。タイトル曲の「時代は変る」は、しかしながら、そのタイトルだけを見ればあたかも新しい時代の到来を予言し、そのために立ち上がり戦う社会活動家のメッセージ・ソングと思われるかもしれないが――当時は、むしろそのように受け取られるのが当然だったのだが――ディランの意図は果たしてそうだったろうか。

皆集まって来いよ／そこらをうろついてないで／お前さんたちのまわりで／水かさがどんどんふえて／すぐに骨まですぶぬれに／なっちまうんだから
（「時代は変る」）

トラディショナル・バラッドでしばしば用いられる歌い出しのフレーズ（「皆集まって来いよ」）を流用しながらも、辻説法で警告を発するかのような、あるいは社会変革を掲げる政治家が街頭演説の第一声を上げるかのようなこの冒頭からは、実際プロテスト・ソングの精神が感じられよう。けれども、これに続く歌詞は必ずしもそのような期待に答えるものではない。

だから泳ぎ始めなよ／石みたいに沈んじまわないように／時代は変るんだからさ
（「時代は変る」）

プロテスト・ソングであれば、おそらく「皆で泳ごう」とか「泳がなければだめだ」という呼びかけになるだろうが、ディランの言葉はそのように扇動《せんどう》的でも批判的でもなく、むしろ突き放したような冷たさを漂わせている。そして最後に言う――「時代は変る」と。「時代を変える」でも「時代を変えよう」でもない。時は流れる、時代は変わってゆくという普遍の真理を彼はただ、石ころを放り投げるようにポンと行末に置いてリフレインとしている。

今負けている奴が／あとで勝つことになる
（「時代は変る」）

この第二連の言い回しも、ディランの歌詞に社会批評的な意味を読み取ろうとする者にとっては願ってもないものかもしれない。だが、これと同じような表現が最終の第五連で繰り返されると、それはまったく別の意味合いに転じる。

今遅い奴も／あとで速くなる／今のこの時が／昔になっちまうように／順序なんてものは／すぐに変っちまう
（「時代は変る」）

負けているものが勝ち、遅いものが速くなり、先頭のものがビリになるという対句的な言い回しは、聖書の一節を下敷きにしていると言われる（「しかし、多くの先のものはあとになり、あとの者は先になるであろう」マルコ伝十章三十一節）。「時代は変る」の歌詞に歌い込められたこの執拗なまでの価値観の逆転は、それのみをみれば反体制的な、あるいは革命宣言的なプロパガンダのかけ声とも聞こえるが、ディランがそれらの言葉の間にすべり込ませた「今のこの時が／昔になっちまうように」という二行に注目すれば、これらは単に時の変化を確認させようとしているに過ぎないことがわかる。今負けている者はあとで勝つかもしれないが、その者も勝った後でいずれ負ける時が来るという、その転変と繰り返しのほうにこそディランの詩の主眼はある。「順序なんてものは／すぐに変っちまう」ように時代は変わり続けるのであり、ただ常に変わり続けるということだけが変わることのない真実だ。
　実際、当のディランの境遇が、この時期には大きな変化に見舞われていた。二枚目のアルバム『フリーホイーリン』を完成した一九六三年五月から、次の『時代は変る』を発表した一九六四年一月までの半年余りの間に、ディランは「風に吹かれて」のヒットによって一躍スターとなり、プロテスト・ソングの旗手としてまつりあげられるようになっていた。が、当人にとって、それはまったくありがたくない話だった。『フリーホイーリン』のジャケット写真で恋人のスージーと肩寄せ合って歩くディランの微笑には、詩人、歌手として確実な一歩を踏み出し始めることができた当時の彼の幸福感が見て取れる。それと対照的に『時代は変る』のジャケットには鬱屈《うっくつ》した雰囲気が漂っており、そのざらついた画像で写し出された暗い表情は、当時のファンにとってはいかにもプロテスト・ソングのヒーローとして社会の悪や不正や不平等に対する苦悶に苛《さいな》まれているかのようにも見えたことだろうが、本当はみずからの意に反して、プロテスト・シンガーという荷を負わされたディランの憂鬱《ゆううつ》と嫌悪感を示している、と考えたほうが妥当かもしれない。

『フリーホイーリン』の冒頭に収められて、今日まで彼の代表曲として親しまれている「風に吹かれて」が当時から社会批評的な歌と誤解されているように、「時代は変る」も誤解され続けている。「答えは風に吹かれている」という言葉が必ずしも絶望や虚無感を示しているのではないのと同じように、「時代は常に変りゆく」という認識は未来への希望や情熱を表しているのではない。かたや、真実は常に目の前にあるが捉え難いという事実、かたや、時は移り変わり続けるという事実を、端的に歌い上げているだけだ。風が吹くことを止めないように時は流れることを止めず、答えは見えない風の中を探すしかないように、時が流れることを止める術はない。

『時代は変る』というアルバムを冒頭から聴き進める者は誰しも、四曲目「いつもの朝に」で、錯覚あるいは既視感に似た不思議な気分を味わうことになるだろう。この曲はアルバムで数分前に耳にした「時代は変る」の旋律を和らげながらなぞっているような——あたかも「時代は変る」という曲を裏返し、裏側から表を透かして見ているような非常に似通った旋律線を持っている。そうでありながら、この不思議に類似した旋律に添えられている詞には「時代は変る」とは正反対の極めて個人的な哀感がたたえられている。

振り向いて部屋を見る／恋人と寝ていた部屋を／それから通りに目を戻す／歩道と看板とに／おれのひとつだけ余計な朝／千マイルの果てに
（「いつもの朝に」）

この曲には「いつもの朝に」という邦題が付けられているが、原題のOne Too Many Morningsは、自分と恋人とが共に過ごしてきたいつもの朝とは違ってしまった——諍《いさか》いをして別れることになってしまった——「ひとつだけ余計な朝」という意味だ。第一連と第二連で「おれのひとつだけ余計な朝」と繰り返されるこのフレーズは、最終第三連では「二人には本当にたくさんのいつもの朝」と転じ「おれ」と「二人」が対比されて二人の幸福の追憶の中に曲は静かに幕を閉じる。

これはディランが恋人のスージー・ロトロと諍いをした際のことを歌った作品と言われて

いる。『フリーホイーリン』の制作中、スージーはイタリアに留学していたが、帰国後ディランとの擦れ違いが多くなり、加えてディランが女流フォーク・シンガーのジョーン・バエズと関係を持ったので『時代は変る』の制作に入る時期には、スージーとの間は非常にぎくしゃくとしたものになっていた。愛し合う二人にとっても互いの「時代は変る」ことを止めることはできない、とディランは訴えているかのようだ。（表向きは）プロテスト・ソング的な「時代は変る」の旋律を、そのまま短調に移したかのような相似形のメロディーを用いて叙情的でプライベートなラブ・ソングとしたのは、聴衆からもレコード会社からもプロテスト・シンガーとしての作品しか求められていないことに対するディランの皮肉であり反抗であったかもしれない。

十　プロテストの虚像

アルバム『時代は変る』に収録されている曲は冒頭のタイトル曲を含めて、そのほとんどをプロテスト・ソングとして聴くことができる。二曲目の「ホリス・ブラウンのバラッド」は、妻と五人の子を抱えた貧しい農民が銃で心中をする物語であり、三曲目の「神が味方」は戦争の度《たび》に神に味方されていると信ずる人間の身勝手さを暴き、五曲目の「ノースカントリーブルース」では、かつて炭鉱町として栄えた土地が今は廃坑となってさびれ住む人もなくなった様子が歌われている。六曲目の「しがない歩兵」は悪の根幹が何ものであるかを問いかけ、八曲目の「船が入ってくるとき」は征服者の非道な歴史を思い起こさせ、九曲目の「ハッティ・キャロルの寂しい死」は撲殺された黒人女性の実話がテーマになっている。アルバムの全十曲のうち、ラブ・ソングである「いつもの朝に」と「スペイン革のブーツ」そして最後に置かれている「哀しい別れ」の三曲を除いては、すべて社会批判的な詩として成立する内容だ。そのいずれもが労働者、貧民、下層の人々および差別や迫害を受ける者、戦争の犠牲となる者に焦点を合わせているのだが、ディランの言葉は、それらの人々の身に降りかかる凄惨《せいさん》な出来事を淡々と叙述するのみであり、プロテスト・ソングによく見られる怒りや抵抗の言葉はまったく記されていない。

七人が死んだ／サウス・ダコタの農場で／どこか遠くでは／新しい七つの命が生まれた
（「ホリス・ブラウンのバラッド」）

貧しさゆえにショットガンの弾で命を絶った七人に対して、弔《とむら》いの言葉の代わりに「新しい七つの命が生まれた」と書くディランの目は、新しく生まれた七人がまた同じようにたどるであろう過酷な運命の道、その繰り返しの悲劇へ向けられているのだろうか。それとも運命を退け、悲劇の繰り返しをなくす希望を見出そうとしているのだろうか。否、彼らを救おうとすること、あるいは悲劇を防ごうとすることはディランの意図するところではない。彼はただ、悲劇の証人となり悲劇を語り継ごうとするだけである。

藪陰から放たれた一個の銃弾がメドガー・エバースの血を吸いとった／一本の指がこの名の男に引き金を引いた／一つの銃床が闇に紛れて／一つの手が点火させ／一人の男の頭の後ろに／二つの目が狙いを定めた／けれども彼を責めることはできない／ゲームの歩兵でしかないのだから

（「しがない歩兵」）

メドガー・エバース（一九二五〜一九六三）はアメリカの公民権運動で活躍した黒人であり、特にミシシッピー州では活動のリーダー的存在だったが、一九六三年六月に白人至上主義者に暗殺された。ディランが『時代は変る』の録音に着手したのはその年の八月であるから、この歌は事件直後に作られたのだ。ちなみに一九六三年の八月と言えば、キング牧師の演説で有名なワシントン大行進がおこなわれており（この類の運動に基本的には参加しないディランも、この行進には参加して演奏をおこなっている）、その二か月前のメドガー・エバースの暗殺事件が、アメリカ社会における公民権運動の高まりに与えた影響は非常に大きなものだった。実際、エバースの事件に関しては他にも多くのシンガーが歌を書いている。

弾は命中し狙撃者は逃げ／メドガーの幼い子どもたちは戸口の方へ駈《か》けた／母親は止めたが子どもたちは父親が死んでいるのを見た／居間の床に父親が死んでいるのを見た

（トム・パクストン「メドガー・エバースの死」）

殺人者は夜の闇に紛れて家のそばで待ちぶせていた／車から降りたエバースがライフルの照準に入ると／殺人者はゆっくりと引き金を引き／弾が放たれ／エバースは死んで倒れ誰もが胸を射抜かれた思いがした

（フィル・オクス「メドガー・エバースのバラッド」）

メドガー・エバースの暗殺のシーンを題材にしたこの三作の詞を比較することで、ディランの詩法の卓抜さは浮き彫りにされる。パクストンもオクスも銃撃の際の様子を記しているのだが、二人がそれを広角的な画面で平坦に捉えているのに対して、ディランは殺人犯の指、銃床、手、目、そして狙われたエバースの後頭部へとクローズ・アップで視点を移動させ、狙撃の瞬間の緊迫感を高めている。そうしてディランの詞の真骨頂は最後の二行で発揮される。ディランは初めから殺されたエバースのほうではなく、殺人犯のほうに視点を集中させているのであり、彼の詞のテーマもまたエバースではなくて殺人犯のほうなのだ。ディランにとっては、犯人が「責めることはできない」「ゲームの歩兵」でしかないという事実が重要なのだ。では、ゲームのキングは誰か。否、責めるべき相手はキングでもなく、そもそもゲームの盤上には存在しないもの——それはゲームの駒を動かし、ゲームに興じている何ものかの「手」であろう。それを宿命あるいは運命の手と呼ぶこともあるだろうし、また、神の手と名付けることもあるかもしれないが、いずれにしてもディランの目がメドガー・エバースの暗殺に見たものは、社会や政治や正義の問題とは異なる、天上から俯瞰して巨視的な感覚で捉えるべき世界の様相だった。

フォークの女王の異名をとるジョーン・バエズは、ディランと同い年ながらディランよりも先にスターとなり、無名時代のディランを支え、一時期は彼の愛人としても影響を与えた存在である。彼女は「優れたプロテスト・ソングはあまり多くない。彼らはいつもやり過ぎるのね。ボビー（注・ディランのこと）の曲の美しさはその控え目なところなのよ」（アンディ・ギル『歌が時代を変えた10年』）と言っている。ディランの詞に実際には正義の主張や抵抗（プロテスト）の言葉はほとんどないと言ってよいのだが、しかし、それは「控え目」ということだろうか。殺人犯よりも、殺人犯を動かす天上の手のほうを告発すること、そして殺人犯をも、その見えざる「手」の犠牲者として擁護《ようご》することの過激さは、いかなるプロテストの精神をも凌駕《りょうが》しているのではないか。その究極の過激さが「美しさ」と感じられるところに、詩というものの秘密と恐ろしさとが潜んでいるのではないか。

「しがない歩兵」はアルバム発売に先駆けて、八月二十八日のワシントン大行進で「風に吹かれて」と共に歌われたのだが、同じ年の十一月二十二日、ケネディ大統領が暗殺され、翌日の二十三日にディランはコンサートをおこなうスケジュールが入っていて、その幕開きは「時代は変る」になる予定だった。しかしながら、全世界を震撼させたケネディの暗殺という事件の直後に、今あるものと次に来るものの交代劇を高らかに宣言している「時代は変る」を歌うことは、さすがのディランにとっても危険なことと思われた。

「一発目からこんな曲できるかな? 石でも飛んでくるんじゃないかなって思った。(略)何をどう理解していいかわからなかった。この国でとんでもないことが起きたばかりだって言うのに、この曲で拍手をくれる。なんで拍手をくれるのか理解できなかったし、自分は何でこの曲を書いたのかもわからなかった。これを正気だとは思えなかった」

(『ボブ・ディラン全年代インタヴュー集』)

ディラン自身が理解に苦しむほどに、聴衆は彼の曲の真意を理解できていないのだろうか。それとも聴衆は何かを誤解していたのだろうか。あるいは聴衆は正当に理解していたと考えてよいのか……何にせよ彼らはディランの歌に――ジョーン・バエズのいわゆる「控え目」な詞に――感銘を受けたことだけは間違いない。

ジョーン・バエズがディランの詞が「控え目」なのに比して、他のプロテスト・シンガーは「やりすぎる」と感じたのは、彼らが伝えようとしているものは「言葉」ではなく主義・

主張だからだ。彼らにとって言葉は主張や批判を表し伝えるための手段に過ぎない。しかしディランにとって言葉はそれ自体が目的だった。彼の「控え目」に見える言葉は、どれもが現実あるいは真実という火薬の充満した爆薬の塊のようだ。現実という混乱《カオス》が、彼の脳裏を通して言葉という結晶体になり、析出《せきしゅつ》してこぼれ出てきたものなのだ。

おれの感じている混乱は／口なんかじゃ言えない／言葉が頭にあふれて／床にこぼれ落ちるんだ
（「神が味方」）

かつてウディ・ガスリーが体現したフォークの精神は、必ずしも社会や政治の悪、不正を告発するのが目的ではなかった。それはむしろ弱者への共感であり虐げられた人々への同調であって、その結果として反体制的な姿勢が示されることもあったに過ぎない。このウディ・ガスリーの本質を忠実に受け継いだディランにとって、プロテスト・シンガーという肩書を背負わされるのは苦痛だったのだが、黒人の公民権運動とベトナム戦争を契機とする反戦運動に社会が大きく揺さぶられていた当時のアメリカにおいて、ディランは多くの若者の共感を勝ち取りスターの座に付くことができた。詩人、シンガーとしての活動のためには商業的な成功も必要であることを熟知していたディランは、プロテスト・シンガーとしての重荷を負いながら三枚目のアルバム『時代は変る』を制作し、そこにはプロテスト・ソングを求めるファンの期待に応えるような作品が並んでいるのだが、ディランの心奥からのメッセージは、実際はアルバムの最後に収められた「哀しい別れ」にこそ込められている。

十一 「哀しい別れ」と「墓碑銘」

にせものの時計におれの時は刻まれ／辱《はずかし》められ　邪魔され　悩ませられ／陰口で顔に泥を塗られて／悪い噂を浴びせかけられる／けれど矢がまっすぐで／先がとがっていれば／どんなに分厚いごみでも貫き通せる／だからおれははっきりさせる／おれのままでいるのだ／別れを告げて勝手にするさ

（「哀しい別れ」）

邦題は「哀しい別れ」となっているが、原題のrestlessは「落ち着かない、そわそわした、休むことのない」の意であり、別れを惜しんでいるのではなく、むしろ逆に苛立ってそそくさと別れを急いでいるという意味にとれる。社会の風評やレッテルに悩まされ、いつしか本当の自分とは違う姿を世間に見せながら「にせものの」時間を過ごさざるを得ない事態になってしまっていたが、それにここできっぱり別れを告げるとディランは言っている。彼は「まっすぐで、先のとがった」言葉という武器を手に、自分自身の道を貫き通すことを心に決め「勝手にするさ」というひとことを最後に、プロテスト・シンガーとしての自分自身にも決別する。次のアルバムからディランの作品はフォーク・ロックへと変化を見せ始めるのだが、しかし、この「哀しい別れ」の歌詞からもわかるように、ディランは決して変わろうとしているわけではない。本来の自身の姿に立ち返ろうとしているだけであって、本質的には何も変わるわけではない。むしろ、変わるように見えるのは、聴衆のほうがその時々に自分たちの求めるものをディランに見つけようとするからに過ぎない。フォーク、プロテスト、カントリー、ロック――ディランの作品がそれらの範疇に収まると考えること自体がそもそも大きな誤りだろう。

この翌年、ニューポート・フォーク・フェスティバルに出演したディランは、プロテスト的な曲を歌わなかったために非難を受けることになる。「フェスティバルのあとに発売された雑誌『シングアウト！』に、編集長アーウィン・シルバーはボブへの公開質問状を載せ、内省的な新曲を批判し、スターとなったボブのあきらかな変身に異を唱えた。「わたしはニューポートで、人々とのつながりを失ったあなたを見た」（ハワード・スーンズ『ダウン・ザ・ハイウェイ』）と。「人々とのつながり」が――真の意味でのつながりが――スローガンとして理解の容易な歌詞やプロパガンダの態度に対する熱狂ではなく、まさしく「内省的な」作品でしか得られないものだということを大衆は忘れがちである。というよりも、大衆という存在が「内省的」であることを困難にする。逆の言い方をするならば「人々とのつながり」は実際、大衆としてではなく個人として――シンガーと聴き手、一人一人の間のつながりとして――しか実現できない。純粋なアーティストであればあるほど、つながるべき相手は本来一人一人であり、大衆という全体ではないことを知っている。何千人、何万人という聴衆を相手にステージで歌うディランが常に身にまとう鎧《よろい》のように漂わせている孤独感は、彼が聴衆一人一人とのつながりを求める、その意志の強さとたしかさの証である。

一九六〇年代のアメリカは「ひどく興奮する時代、人が簡単にバランスやユーモア感覚を失うことができる時代だった」（ポール・ウィリアムズ『ボブ・ディラン』）のであり、それは、とりわけ若者が社会や政治という批判に適した対象に対してエネルギーを注ぐ中で生まれた時代の特性だったが、対象が何であれ「興奮する」ことで人は大衆化するのであり、その結果みずからを見失ってゆくことは、いつの時代にも共通して見られる現象だ。ディランの歌詞は、そもそもの初めから大衆的であったことはなく個人的で内省的なものだったのであり、ディランは自身の歌を一人一人とのつながりの中で聞いてもらうべきだと信じているのだが、大衆はいつでもそれを誤解する。

さて、ここで忘れてはならないのは、『時代は変る』に収められているもう一つの詩だ。これは文字通り「詩」であって「詞」ではなく、レコードのジャケットの裏と封入紙とに言葉のみが印刷されている。「十一のあらましの墓碑銘《ぼひめい》」と題されたこの詩は千行ほどの長編で、それは分量的に、歌として収録されている十曲の歌詞全部を合わせたものよりも多い。

この「十一のあらましの墓碑銘」は「わたしはそれで終わる」という一行で始まる。ディランはアルバムの最後の曲「哀しい別れ」で聴衆へのあいさつをし終え、その後に（墓碑銘と題されていることからも明らかなように）自身を葬り去る――これまでのプロテスト・シンガーとしての自己を埋葬する――意味合いを込めて、みずからの来歴を「あらまし」でなぞっているのだが、その中核をなしているのはマスコミへの不信と敵意だ。

一九六三年八月、ニューズ・ウィーク誌のアンドレア・スヴェドバーグはディランに取材の申し込みをしたが、ディランの対応があまり協力的ではなかったので報復の気持ちを抱いた（もっとも、ディランが協力的であったとしても、ジャーナリズムは同じことをする性質を持っているであろうが）。実のところディランは、最初のアルバムでデビューする際にみずからの経歴を創作していた。それは、子どもの頃から不幸な家庭に育って家出を繰り返し、孤児同然でさまざまな職を転々としながらアメリカじゅうをさまよってニューヨークへたどり着いた……というもので、これにより、放浪のシンガーのイメージを世間に植え付けることに成功していた。この来歴は、詩人としてのディランの「イマジネーション」の一部であったかもしれないが、同時にマネージャーであったアルバート・グロスマンの売り出しの戦略でもあった。グロスマンは「ディラン神話」の概念を一所懸命焚《た》き付け、ディランに自分自身を並の歌手全般とは一線を画す特別な存在だと考えるように奨励して教え込んだのだ。スヴェドバーグはこれを暴こうと試みた。彼はディランの家族に接触し、ディランがミネソタの中産階級の出身で、家出や放浪どころか落ち着いた家庭で育ち大学にまで入っていたことを突き止めた。結果、『ニューズ・ウィーク』の十一月四日号にはディランが経歴を偽っていたことを非難中傷する記事が載り、そればかりか「風に吹かれて」はニュージャージーのハイ・スクールの学生が作ったものをディランが買い取った盗作であるという話まで添えられていた。盗作云々はでっち上げだったが、経歴詐称についてはディランの側にも非はあったと言わざるを得ない。しかしそれよりも重要なのは、当時のディランがこの一件により完全なマスコミ不信に陥り、その後、現在に至るまでその不信の念はまったく消えていないということだ。

「メディアって新聞や雑誌を売るために人を利用しているだけなんだ。（略）いつもいつも自分の発言が歪曲《わいきょく》されたり記事の穴埋めに適当に利用されたりするとね。で、あとになって読んでみると、実際の現場で受けた印象とは、まったく違うものになってるんだ。とにかく、そんなこんなで傷つくんだよ」

（『ボブ・ディラン全年代インタヴュー集』）

二〇一六年のノーベル文学賞を受賞した際もディランは徹底してマスコミから逃避し、ノーベル賞委員会とさえ連絡を絶って前代未聞の騒動を巻き起こしたのだが、彼のこのジャーナリズムに対する頑なさは、二十二歳の時にニューズ・ウィークに味わわされた屈辱と落胆によると思われ、それは五十五年経過しても毫《ごう》も変わっていないようである。

「十一のあらましの墓碑銘」でディランはみずからのおいたちを簡単に披露しているのだが、それはニューズ・ウィークで暴露された來歴をあらためて「正しく」記すためであり、また、マスコミのディランに対する「不正」を批判するためである。

あんたの質問はくだらなくて／あんたの雑誌もほとんどくだらない／（略）／おれをくだらないやつだと／読者の眼に／映すことはできる／自分勝手な言葉で／おれをでっち上げて／おれをつぶしちまう／ことだってできる

（「十一のあらましの墓碑銘」）

『時代は変る』のプロテスト的な内容が必ずしもディランの望んだものではなく、むしろ世間やファンやレコード会社におしつけられて、ディラン自身は仕方なくそれに応えていたものだとすれば、「十一のあらましの墓碑銘」という楽曲としては収録されていない作品が、まさしくマスコミに対するディランの真正なプロテスト（抗議、抵抗）の姿勢を示しているのは皮肉と言わざるを得ない。ディランがこの詩に曲を付けず歌う作品とはしなかったのは、この詩のほうが真正のプロテスト・ソングになってしまうことを察知したからではないかとさえ思われる。この「墓碑銘」の最後をディランは敬愛する映画監督フランソワ・トリュフォーの作品を引き合いに出しながら、音楽を称える言葉で終わらせている。

「ピアニストを撃て」／という映画があって／最後の台詞はこれだ／「音楽だ、きみ、それが大事だ」／それが啓示だ／外では鐘が鳴っている／今でも／鳴っている

（「十一のあらましの墓碑銘」）

外で鳴っているのはディランにとってプロテスト・シンガーとしてのみずからを葬る弔《とむら》いの鐘だが、同時にフォーク・ロックという新しい舞台の幕開きを告げる鐘でもあった。

十二 『アナザー・サイド』

一九六四年早々に発売した『時代は変る』がアルバムのチャートを上昇し始めると、ディランはステーション・ワゴンを駆《か》って三人の仲間と共にアメリカを横断するツアーに出かけた。それはディランにとって新作のプロモートというよりも、むしろ逆に、完成したばかりの自分の作品から逃避するためだった。

「ここから抜け出して、放浪したいんだ。（略）バーやビリヤード場に立ち寄って、本当の人たちに話しかけるんだ。農民や工夫と話す。そこが人々の暮らしている場所なんだ。本物なんだ」

（アンディ・ギル『歌が時代を変えた10年』）

プロテスト・シンガーという労働者たちの声を代弁すべき存在と見なされていた彼が、実際にはスターとなればなるほどそれらの「本当の人たち」とは離れた世界に入り込んでしまうという逆説をディランは身をもって知った。

『時代は変る』の翌年に発売された四枚目のアルバム『アナザー・サイド・オブ・ボブ・ディラン』（以下、『アナザー・サイド』）のタイトルは、ディランが「哀しい別れ」で宣言した自己回帰の姿勢に対するレコード会社の明らかな困惑を示しているようだ。マネージメント側はおそらく、このようなタイトルでファンの非難に対する予防線を張っておかなければ売れ行きに影響すると考えたに違いないのだが、冒頭に収められた「オール・アイ・リアリー・ウォント」――「自分が本当にしたいこと」という曲のタイトルが、この時のディランの心情を如実に示している。そうしてこの曲の詞は「十一のあらましの墓碑銘」を彼に書かせるに至ったニューズ・ウィークの記者とのいざこざを依然として引きずっている。

あんたの親類になんか会いたくない／あんたをきりきりまいさせたり　疲れ果てさせたり／選別したり　切り裂いたり／調べ上げたり　拒絶したいわけじゃない／おれがほんとうにやりたいことは／あんたと友達になることさ（「オール・アイ・リアリー・ウォント」）

重苦しく、押し殺したようなしわがれ声の歌唱が特徴であり同時に魅力であった以前の三枚のアルバムまでは決して聞くことのできなかった類の非常にのびやかでリラックスした歌声は、プロテスト・ソングからようやく解放されたディランの心情を直截《ちょくせつ》に表しており、ヨーデルを思わせる裏声の使用とあわせて歌の最後では笑い声さえ聞こえてくる。詞の冒頭「あんたの親類になんか会いたくない」はニューズ・ウィークのスウェドバーグがディランの家族に密かに会ってインタヴューしていた件へのあてつけであることは間違いない。しかし、それも「時代は変る」までの作品であればもっと辛辣な批判を込めた言葉になったはずだが、ここではむしろ余裕を持って相手を軽くいなすかのような諧謔《かいぎゃく》性の中で歌われている。

「ぼくは、もう人のために歌をつくりたくはない（略）これからは、自分の内面から歌をつくりたい。そのためには、十歳のころのようにすべてが自然に出てくるような、そんなやり方にもどらなきゃならない」

（ポール・ウィリアムズ『ボブ・ディラン』）

ディランの歌声が実に伸びやかでアルバム全体に自由な雰囲気が横溢していることに加えて、各曲ともメロディー・ラインが柔らかく、かつてないほどメロディアスに聞こえる。逆の言い方をすれば、以前の詞を強調するために音楽的な部分をあえて抑えていた姿勢が、ここではかなり弱まっていると感じられる。詞の内容としても社会的な事象への言及は陰をひそめ、プライベートな心象の吐露に終始する。それは一曲目の「オール・アイ・リアリー・

ウォント」から始まって最後の「悲しきベイブ」まで、収録された十一曲がすべて一人称で書かれていて、さらにその半分の五曲にはタイトル自体に一人称を示すIかmyかmeが入っているという事実からも明らかだ。ちなみに『時代は変る』でそのような一人称のスタイルで（語り手として歴史や事件を物語るのではなく個人の心情を明かすものとして）詞が書かれているのは、恋人のスージーとの関係を歌ったラブ・ソングの三曲のみだった。

深紅の炎が耳を貫いて結び付き／ゆらゆらと揺れ　頑丈な罠《わな》は燃えさかる路で／炎をあげながら獲物を待っていた／考えたことを頼りの地図として　おれは／「行き着いた先で会おうぜ、じきに」と／額を熱くして誇らかに言った／あの頃おれはとても老けていて／今はそれよりも若くなった

（「マイ・バック・ペイジズ」）

過去の過ちに対する悔恨の情の中で切々と歌われるこの曲の詞は、プロテスト・シンガーとして活動しなければならなかったディランの苦悩の追憶であると考えれば即座に了解されよう。激しい社会運動は「深紅《しんく》の炎」に喩えられ、デモ行進は「燃えさかる路」として描かれ、その道を突き進むことを余儀なくされていた自分は社会変革の大義を持った大人だった、と当時は感じられたが、その軛《くびき》から解き放たれた今は、はるかに自由で、社会的な制約を逃れた分、若く感じられるのだ。

実際、ディランの歌声は『アナザー・サイド』以降、確実に若やいでゆき、それと比較してデビュー盤の『ボブ・ディラン』から『時代は変る』までのプロテスト・シンガーと見なされた時代の三枚は非常に「老けた」印象を与える。そこにはディランが音楽的な出発点としてウディ・ガスリーやロバート・ジョンソンの老成したスタイルに倣ったという理由もあっただろう。しかしプロテストにつながるフォークを脱皮する決意を固めた彼はロックに接近し、いわゆるフォーク・ロックのサウンドを形成するにあたって発声や歌唱法を自然に若返らせることになった。『アナザー・サイド』ではまだエレキ系の楽器の導入はないのだが、ディランの歌声が若やいでゆくことが「マイ・バック・ページズ」では先に宣言されているのであり、何よりも彼自身がその変化を感じ取っていたことがうかがえる。

「オール・アイ・リアリー・ウォント」で幕を開け、続く九曲でみずからの真情を吐露しているディランは、アルバムの最後を聴き手の反感をかわすかのような作品で締めくくっている。「悲しきベイブ」として知られているラスト・ナンバーの、この邦題から詞の真意を汲みとることは難しいが、原題It Ain't Me, Babe'は「おれじゃないんだよ、あんた」の意味だ。

探しているとか言ってたよな／決して弱くなくて　いつでも強くて／おまえを守って味方になるやつをさ／あんたが正しかろうが間違っていようが／どんな扉でも開け放って

くれるやつをさ／でもそれはおれじゃないんだよ／ちがうんだ　おれじゃないんだ／あんたが探してるのはおれじゃないんだよ

（「悲しきベイブ」）

表面上は言い寄られている相手の女から逃れようとする男の言い訳めいた歌のようだが、ディランをプロテスト・シンガーとして待望している聴衆に背を向けようとしている彼の、最後のメッセージと見なせば、分岐点に立ったディランの『アナザー・サイド』を締めくくる詞としてこれほどふさわしいものはない。

このように『アナザー・サイド』におけるディランの変化はまず詞の面に明確に現われた。すなわちプロテスト的な社会事象に対する言及と思想性が弱まり、かわりに自己の心情を物語る内省的なスタイルに、周囲の世界の象徴的な叙述を重ね合わせた二重の心象風景画としての饒舌な描写を展開するようになった。初期の頃からディランの詞の多層性は特徴的だったが、プロテスト的な特定の事象や事件への言及がなくなることにより、叙述のテーマは自由度が増し、多層性と象徴性もさらに豊かになる。

同時に音楽的にもプロテストと密接な関係にあるフォークのスタイルを脱することにより、エレキ・ギターを初めとする多彩な音色の楽器を使用する方向へと向かい、いわゆるフォーク・ロックのジャンルを打ち立てることになるのだが、『アナザー・サイド』においてはまだ「黒いカラスのブルース」でピアノが用いられているだけにとどまり、本格的な転換は次の『ブリンギング・イット・オール・バック・ホーム』を待たなければならない。

ただ、一つ付け加えておくべきは、ディランがフォーク・ロックへの転換を図ろうとしたのは彼自身がフォークあるいはプロテストのスタイルに疑問を持ち、また、そのジャンルのスターとしての荷を負わされることに疲弊したからばかりでは必ずしもない。時代の精神に敏感なアーティストの常として、彼はフォーク・ブームの終わりと新たなロックの精神の台頭を嗅《か》ぎつけていたはずなのだ。その点でもっとも大きな影響を及ぼしたのは、当時アメリカに上陸したばかりのビートルズであろうが、いずれにしても「時代は変る」を歌った彼自身が、ポピュラー音楽の世界においても時代が変わることを予見しなかったはずはない――そして、時代が変わることを常に熟知している者こそが、まっさきに時代を変えていくのだということも。

十三　『ブリンギング・イット・オール・バック・ホーム』

『アナザー・サイド』から、およそ半年後に開始された『ブリンギング・イット・オール・バック・ホーム』のセッションで、ディランはエレクトリック・ギター、ベース、ドラム、キーボードというロック・バンドを編成し録音にとりかかった。注目すべきは、この音楽的な変化が詞における言語表現の変化によってもたらされた点だ。

曲調、頭の中に湧き上がる言葉のビートが、もはや自分一人でギターやピアノを弾いて生み出せるサウンドを超えはじめていたのだと思われる。「ノー・ディレクション・ホーム」の中でボブは、このころのことをこう言っている。「もうひとりでやるつもりはなかった。小編成のバンドがいるほうが歌の力をより引き出せると考えた。」

（湯浅学『ボブ・ディラン』）

フォークやプロテストの時代のディランの言葉は「風に吹かれて」でも明らかなように、どちらかといえば淡々と語られるものであり、時に重苦しく憂鬱な響きが込められても、付随するサウンドにドラムあるいはエレクトリック・ギターの刺激的な挑発性や咆哮《ほうこう》するような官能性を必要とする類のものは見られなかった。『ブリンギング・イット・オール・バック・ホーム』が録音された一九六五年がポピュラー音楽の世界ではロック・バンドの隆盛期にあたっていたことはたしかで、例えばビートルズはこの年の八月にニューヨーク、シェイスタジアムをステージにするという前代未聞の規模による公演をおこないライブ・バンドとしての頂点を極めたし、かたやローリング・ストーンズは「サティスファクション」を全米のチャート・トップに送り込み、以後シングル、アルバム共にヒットを連発する超大物バンドの地位を築いていった。ディランのロック・スタイルへの変貌が、それらの音楽的な潮流とまったく無縁のものだったと言い切ることはできまい。しかしながらディランにとってもっとも重要だったのは、彼の詞――言葉がロックという音楽のスタイルを必要としていることだった。

『ブリンギング・イット・オール・バック・ホーム』のジャケット裏には、前作の『アナザー・サイド』のジャケットの時と同じように、曲としては歌われていない無題の詩が記されており、そこには彼の言葉の「ロック化」が端的にうかがえるフレーズがいくつも見つかる。

おれの歌は頭の中のティンパニーで／書かれている／ちょっとした不安。／言えないが。たしかに。みんなはたぶん／ソフトなブラジルの歌手が好きだが……おれは／きちんと仕上げようとすることは止めた

みんないつかは死んじまうんだが／死で世界が止まったことはない。おれの詩は／詩とは無縁のゆがんだリズムで書かれている

歌は／一人で歩いて行けるもの／おれは／ソング・ライターと呼ばれている。詩は裸の人間で……おれを／詩人だというやつらもいる

「ポーズ」と「ポーズの冬の日」に記された……無韻詩《むいんし》……

ともとれる全七十三行の中から、詩や歌に関する語を含む箇所を引用したのだが、これを読み通して前後に脈絡がないように見えるのは詩行を飛ばしながら引用したからではない。ここではもともと偶発的な思惟《しい》が連想のおもむくままに展開されているのであり、無作為の走り書きのようにも見えるが、ディランはあふれ出る言葉の渦を制御することなく書き連ねていると解することができる。トリミングされ形を整えられた言葉は、いわば展翅板《てんしばん》にピンで止められた昆虫の標本のようなものであり、整然としてはいるが言葉の死骸である。ディランは脳内から湧き出る言葉を捕獲も飼育もせず生きたまま放つ。

これ以前のフォーク・ソングあるいはプロテスト・ソングと見なされていた時代のディランの詞には叙事的な描写の要素が濃く、思考の展開にもある程度の論理性が備わっていたが、『ブリンギング・イット・オール・バック・ホーム』になると言語的には一見、錯乱と混乱の無秩序な状態が示されるようになった。無論、ディランは意図的にそうしているのであって「きちんと仕上げようとすることは止め」、「詩とは無縁のゆがんだリズムで書」く方法を貫き、そのようにして生まれる詩にこそ「裸の人間」すなわち意識という衣装を脱ぎ捨てた人間の実体そのものが示されているという認識に至ったのだ。

当時のディランの原稿が残されているのだが、それはタイプライターで行間を空けずに打たれている。行間を空けていないということは、初めから訂正や修正を加えるつもりがなく、最初から最後まで一息に書ききる方法をとっていることを示している。

「ここで選択された行も韻もリズムもごく自然に生まれたもの、ひらめいたりふさわしいと思ったりしたことを心がつかみとった結果、生まれたものなのだ。作者の話は、行の終わりではなく、バースやパラグラフが完了するところまで、思考と感情のすべてを吐きだすところまで続いている。止めることはできない。ただ進みつづけるだけ。」

（ポール・ウィリアムズ『ボブ・ディラン』）

常識の檻《おり》に閉じ込められることなく自由に飛翔する言葉のエネルギーとビートは、ギター一本の弾き語りによるフォークのスタイルでは音楽的に表現するのに限界があるだろう。そのような言語表現の点から、ロック的なサウンドへと向かったディランの心境を端的に示しているのが、映画『ドント・ルック・バック』の冒頭のシーンだ。

『ドント・ルック・バック』はディランが一九六五年にイギリスでツアーをおこなった際の様子をドキュメントしたモノクロ映画だが、その冒頭で彼は発表したばかりの『ブリンギング・イット・オール・バック・ホーム』の一曲目に置かれた「サブタレニアン・ホームシック・ブルース」を演じている。「演じている」というのは、演奏しているのでも歌っているのでもなくて、ロンドンのサヴォイ・ホテルの路地に佇み、画用紙にサインペンで書きつけた歌詞の中の言葉をバックに流れているこの曲に合わせてどんどん投げ捨て、まき散らしてゆくというパフォーマンスをおこなっているからだ。この映像は今日のミュージック・ビデオあるいはプロモーション・ビデオのはしりとよく言われているが、ポップ・ミュージックの世界でこれほどまで「言葉」を主体にした映像はその後も制作された例はなく、まさに詩人としてのディランのみが成し得た空前絶後のパフォーマンスだろう。この映像に象徴されるように、当時のディランにとって言葉は聴衆の耳に静かに歌い伝えるものではもはやなく、聴衆に向かって投げつけ、聴き手を粉砕せんとするエネルギーの塊以外の何物でもなかった。

「サブタレニアン・ホームシック・ブルース」において、ドラッグと共存しながら、したたかに生き抜こうとする下層の人々の様相を活写するディランの言葉は、反体制的ではあっても反社会的ではない。また、ディランがこれらの「地下」に住まざるを得ない人々を歌詞で取り上げるのは、社会改革を意図しているのでも政治を糾弾するためでもない。シニカルで風刺的な描写は、一見プロテスト・ソングのようにも思われるが、ディランはただ市井の人々に冷徹なまなざしを向け、その生きざまを鮮明に写しとるために鋭利な言語表現を必要としているだけだ。

「彼は社会を批判し、私も批判する」と彼女はロバート・シェルトンに説明した。「でも、彼は結局それについてできることなんて何もないから、どうにでもなれ！　と言うことになる。そして私はその反対のことを言うの。」

（アンディ・ギル『歌が時代を変えた10年』）

引用文中の「彼女」はジョーン・バエズである。ジョーン・バエズはディランの恋人として一九六五年のイギリス・ツアーにも同行していたが、あくまで「フォークの女王」として社会批判を続けようとする彼女にとって、社会の問題に目を向けながら抗議の意思を示さずあきらめに転じたかのようなディランの姿勢は理解し難かった。しかしディランにしてみれば、初めから「批判」などする気はなかった。フォークのスターでありプロテストのホープとまつりあげられていた彼は、フォーク全盛の時流に乗りながらも「批判」が無力であり同時に無意味であることに気付いていた。ジョーン・バエズは批判することで政治や社会を変革できると信じていたが、ディランにとって歌う目的は「歌」自体であり、社会の変革ではなかった。したがって「できることなんて何もない」と歌うことは、ディランにとって精一杯の誠実の表現であり、それを「どうにでもなれ！」という自暴自棄の、あるいは責任放棄の態度ととるのは、フォークの可能性を疑わないジョーン・バエズの偏見である。

「政治なんてでっち上げだからな。すべてはウソだ。唯一リアルなことは、お前の内にあるものだ。お前の感情だ。……世の中ってのは……不条理なものなんだ。」

（『ボブ・ディラン全年代インタヴュー集』）

「お前」と呼ばれているのはディランと同時代にフォーク・シンガーとしてカリスマ的な人気を誇ったフィル・オクスだが、この言葉はオクスをはじめジョーン・バエズや当時のすべてのフォーク・シンガーに向かって発されていると言ってもよい。混乱した世の不条理に対し内なる感情を投げつけることがロックの定義そのものであり、内なる感情の表現のためにはエレクトリック・サウンドによる激しいビートとリズムが必要だった。

もっとも、ディランにとってロックを演奏することは、実際は彼がフォーク・シンガーとしてデビューする以前の少年時代に親しんでいた音楽のスタイルに帰ることでもあった。『ブリンギング・イット・オール・バック・ホーム』というタイトルの意味するところは「すべてを家に持ち帰る」――すなわち「完全に本来の自分に戻る」ということである。そのようなディランの本質を見抜けなかった――見抜けたとしても賛同はできなかった――ジョーン・バエズは結局、イギリス・ツアーの最中にディランと諍いを起こし一人で彼のもとを去る。

『ブリンギング・イット・オール・バック・ホーム』の二曲目「シー・ビロングス・トゥ・ミー」に歌われている女性は、ジョーン・バエズを彷彿とさせる。

彼女は必要なものはなんでも持ってる／彼女は芸術家でうしろを振り向かない／夜から闇を取り出し／昼を黒く塗ることができる
彼女はつまずかない／彼女には倒れる場所がない／彼女は誰の子どもでもない／法律も彼女には手が出せない
（「シー・ビロングス・トゥ・ミー」）

ディランにこれほどに皮肉な歌詞を書かせたのは、ジョーン・バエズの確固たる自己主張と自信に満ちた個性の強さだ。バエズはディランを自分のものにしようと思っていたが、ディランは彼女のものであることはできず、そのような彼女に対して「シー・ビロングス・トゥ・ミー（彼女は私のもの）」というのは、ディラン流の極めて辛辣な表現だった。
ディランの言葉は、その鋭さのあまり残酷な響きを帯びることが少なくないが、女性に対してまでこのように容赦のない辛辣さを見せたことはかつてなかった。しかしながら、あらゆるものに対するこの「辛辣さ」こそ実際はディランの言語表現の本質と言ってもよく、それは『ブリンギング・イット・オール・バック・ホーム』における詞のロック化以降ますます激しいものとなってゆく。

十四「ミスター・タンブリン・マン」

『ブリンギング・イット・オール・バック・ホーム』に収録された十一曲の中でもっとも有名なのは「ミスター・タンブリン・マン」であり、それはおそらく、この曲がアメリカのバンド、バーズによって大ヒットしたからだ。当時デビューして半年で、さしたるヒット曲もなくまだ無名であったバーズは、ディランが『ブリンギング・イット・オール・バック・ホーム』を発表した直後に「ミスター・タンブリン・マン」をカバーし、イギリス、アメリカ両国のシングル・チャートでともに一位に輝き、一躍人気グループとなった。

ディランのヒット・シングルに関して以前にも、これと似た現象があった。二枚目のアルバム『フリーホイーリン』の冒頭に収められていた「風に吹かれて」は人気トリオのピーター・ポール&マリーがカバーして大ヒットし、まだヒット曲のなかった作者のディランを有名にした。ところが不思議なことに、カバーがヒットした後にあらためてシングル・カットされたディラン自身の「風に吹かれて」はまったく売れなかった。「ミスター・タンブリン・マン」の場合もおそらく同じで、たとえディランのオリジナルがシングル盤として発売されても一位にはならなかっただろう。バーズの「音楽作り」がなければ「ミスター・タンブリン・マン」もディランの代表曲の一つとなったかどうかは疑わしい。まさしくそこに、ボブ・ディランというアーティストの極めて特異な性格が示されている。

レコード、CDを買う場合、我々がまず聴こうと思うのは音楽であって歌詞ではない。この単純な動機に、ディランは初めから挑戦しようとしている。さらに言えば、ロックあるいはポップス、否、およそ音楽の名で呼ばれるほとんどすべてのものが聴く人に伝え味わわせようとする音楽的な快感に、ディランは反感を持っているのではないかとすら思われることがある。彼が表現しようとしているのは音楽に対する一種の反抗心ではないか。少なくともディランは、その歌詞における言葉の豊穣とは逆に、音楽的な表現を極限まで削減しようとしている。音を言葉の背後に沈めることで言葉を浮き上がらせ、それによって言葉が主体となる美感は最大限に発揮されるが、音楽が主役となれば生み出されるであろう快感や美感は最小限に留められる。おそらくはこれが、ディラン自身のオリジナルに大きなヒットが生まれにくく、逆に音楽的に補塡《ほてん》されたカバーのほうがヒットしやすい理由である。

「ミスター・タンブリン・マン」の幻覚と覚醒の間を行きつ戻りつするような捉えどころのない歌詞と呪文のように繰り返される相似形の旋律、そしてタンブリン・マンという謎の存在――ドラッグの影響が少なからず認められるこの曲の歌詞は四番まであるのだが、バーズがカバーした演奏では二番のみが歌われている。

バーズの演奏は、ビートルズのバラード曲を意識したと思われる柔らかなサウンドとハーモニーで構成され、粗削りで鬱屈としたディランのオリジナルとは雰囲気のまったく異なる耳当たりのいい演奏であり、そのためにもっともわかりやすい二番目の歌詞のみを選択したのだと想像できる。とりわけ原曲の歌詞でクライマックスをなす幻惑的だが難解な四番目の歌詞は、この曲をヒットさせるためには障害となりかねないだろう。

バーズのカバー・バージョンではディランのオリジナルにはないイントロのアレンジがメロディアスで印象深く、ボーカルのソフトなハーモニーがリッケンバッカーの十二弦ギターの音色と響きあって、誰もが親しみやすくまた口ずさみやすい曲に仕上げられている。何よりも、ディランのオリジナルは二拍子という切迫したリズムで書かれているのだが、バーズはこれを四拍子で演奏することにより、落ち着きと安定感を醸し出すことに成功している。

ピーター・ポール&マリーがカバーした「風に吹かれて」の場合もそうだったが、ディランの演奏は素材をいわば音楽的には生《なま》の未加工の状態で提示しているのであり、多くの人がそのままで食することは難しい。それらは調理加工し味付けをほどこせば誰もが口にしやすくなる。しかしながら味付けされることで素材本来に備わる味わいが大きく変化してしまうことも事実であり、ピーター・ポール&マリーがその美しいハーモニーによって「風に吹かれて」の諦観に沈んだ歌詞に明るい希望を吹き込んでしまったように、バーズは「ミスター・タンブリン・マン」の病的に物憂く厭世的な歌詞を抒情的な音色で包み込み、その歌声には幸福感さえ漂わせてしまった。バーズのアレンジにはフィル・スペクターのウォール・オブ・サウンドを思わせる厚く深い音像とエコー感が聴きとれるが、すべての肉を削ぎ落して音楽の骨格のみを提示するディランの演奏スタイルと、これほど対極に位置するものはない。

十五「イッツ・オールライト・マ」

『ブリンギング・イット・オール・バック・ホーム』はフォーク・ロック・スタイルの最初の作品とされているが、実際にエレクトリック・サウンドを取り入れているのは収録されている十一曲のうち七曲であり、残りの四曲はギターとブルース・ハープによる弾き語りで、これらのサウンドはデビュー以来のフォーク・スタイルを踏襲している。このように曲数のみを挙げるとロック的なサウンドの割合が多いようにも思われるが、実際はレコード盤の場合、七曲目までがA面、後半の四曲がB面であり、B面の四曲はいずれも長い曲なので、両面の収録時間は共に約二十四分とほぼ同じであり、結果的に『ブリンギング・イット・オール・バック・ホーム』はA面がロック・サイド、B面がフォーク・サイドとして意図的に区分されていることになる。

だが、エレクトリック・サウンドが加えられているか否かとは別な次元で、歌詞における直截的な感情表現——特に嫌悪や怒りのエネルギーの奔出《ほんしゅつ》——がかつてないほどの勢いでみられる点で、アルバム全体を通してのロック化は明確に感じ取れる。とりわけ終盤、十曲目に収められている「イッツ・オールライト・マ」はギターとブルース・ハープという典型的なフォーク・スタイルの演奏ながら、このアルバムの白眉と位置付けられる作品であり、デビュー以来のディランの歩みを集大成した傑作だ。

この曲がディランにとっていかに重要な位置を占めているかは、例えば一九九二年におこなわれたディランのデビュー三十周年記念トリビュート・コンサートで、総勢五十名近くのスーパー・スターが次々とディランの作品の演奏を繰り広げ、最後にディラン自身が登場してソロで披露した二曲のうちのひとつが、この「イッツ・オールライト・マ」であったという事実からもうかがえよう（ちなみに、もう一曲が「ウディに捧げる歌」であることは先に述べた）。

「イッツ・オールライト・マ」はほとんど言葉のみの歌だ。音楽としての旋律は言葉のアクセントと詩行のイントネーションだけでできていると言ってもよい。それは、この曲において歌詞から音楽的な要素が剝奪されているということではなく、むしろ歌詞の部分に必要とされる言葉が充満したあまり、旋律が居場所をなくし曲の外部へ排出されてしまったという印象を与える。旋律を持たずに歌の中に圧縮された言葉の塊は、今にも炸裂しそうな緊張感をはらんでディランのかすれた声と共に疾走する。伴奏のギターはディランの言葉に遅れを取るまいとコード進行のストロークを繰り返すのが精一杯で、そこには一切の音楽的な装飾の入り込む余地がない。ディランは当時のインタヴューで「歌詞は音楽以上に大事だ。歌詞がなければ音楽は存在し得ない」と言っているが、「イッツ・オールライト・マ」は歌詞の力のみによって存在しうる音楽の典型である。

「正午の裂け目の暗黒が／銀のスプーンまでも影にし／手作りの刃《やいば》　子どもの風船が／太

陽も月も蝕《しょく》にする」に続く冒頭の二節で既に、この曲を聴くものは幻惑の言葉の刃を突きつけられ、張り巡らされた韻律《いんりつ》の網に捉えられ、実世界の思考と常識的知性の限界を思い知らされる。ここに預言書的な、あるいは黙示録的な象徴性を読み取ることも可能であれば、またこれが当時、激化していたベトナム戦争とそれに対する平和運動への揶揄《やゆ》であると解釈することも不可能ではないが、全百十三行にわたって繰り広げられる詩的イメージの豊穣に、それらの現実的な、または時事的な意味合いを持たせることが果たして重要だろうか。

ディランの詩行の中でももっとも有名な「アメリカの大統領だって／裸をさらさなくちゃならないことがある」のような警句を所々に地雷のように埋め込みながらも、この世界の不条理さと、その中で生きることの無意味さ、不確実さ（唯一確実なのは死だけだ）の認識を反映する言葉の羅列は、いつ果てるとも知れぬ勢いで続いていくが、最後は「生きるとは／そんなもんだ」で幕を閉じる。

ウディ・ガスリーの社会を見つめる冷徹な目と、ロバート・ジョンソンの暗く沈み込んだ物憂い魂と、アルチュール・ランボーの幻覚催眠的な修辞の技法を自家薬籠中《じかやくろうちゅう》のものとしたボブ・ディランの詩の到達点がここにある。この作品について後に彼自身「自分がつくった歌を見て、畏怖《いふ》の念を感じることがある。「イッツ・オールライト・マ」のような曲には、その頭韻を見るだけで驚異を感じる」と語っている。

ロック・ミュージックにおけるこの革命的な歌詞の出現は、三年後にビートルズが『サージェント・ペパーズ』において音楽的に成し遂げることになる革命と比肩《ひけん》し得るものだ。このロック史上もっとも重要とされるアルバムにおいてビートルズの四人は、スタジオ・ワークでクラシックから民族音楽に至る多種多様の音楽を統合する飽くなき合成実験を試みたのだが、ディランは歌詞の作成において、同様にカントリーやブルースや近代の象徴詩を俯瞰しながら、ビート詩を通過してロックの言葉へと変容させる実験を試み、成功させた。

しかしながら「イッツ・オールライト・マ」の逆説は、歌詞が極度にロック化し歌詞に内在する音楽自体がロックとして響き渡るために、歌詞以外の部分の音楽――ディランの歌唱以外の演奏――に、あえて電気楽器が必要ではなくなったことだ。「サブタレニアン・ホームシック・ブルース」の場合はまだ、歌唱にエレキ・ギターやドラムが入り込み、歌詞のロック化と合致したエレクトリック・サウンドを奏でる余地が残されていた。が、「イッツ・オールライト・マ」では、エレキの音色は歌詞のロック性と干渉して互いの威力を弱める恐れがあり、アコースティックのほうがむしろ歌詞の完璧なロック性を際立たせる。したがって「イッツ・オールライト・マ」を含む『ブリンギング・イット・オール・バック・ホーム』のB面がすべてフォーク・スタイルであることについて、例えば「フォーク・ファンへの懐柔策《かいじゅうさく》」と見ることも無理からぬことではあり、実際にディランの脱フォーク化によるレコードの売り上げを危惧したレコード会社の思惑《おもわく》はあったかもしれないが、ディランにしてみればこれはロック精神の表明がその最適な形としてたまたまフォーク・スタイルをとったに過ぎなかったのではないか。そもそもロックへの回帰を意味する『ブリンギング・イット・オール・バック・ホーム』とタイトルしたアルバムで、ディランが「フォーク・ファンへの懐柔」など気にする必要はなかったはずだ。

もっとも、その後ディランがこの曲を演奏する際にまったくエレクトリックを使うことがなかったわけではない。例えば一九七八年、初来日の日本武道館公演の演奏はライブ・アルバムとして発売されているが、この時のバックバンドは総勢十三名でディランのツアーとしては最大級の人数だった。そのためもあってか、アルバムで聞く限りどの曲も大音量の分厚いハード・ロック的なサウンドとなっている。「イッツ・オールライト・マ」もここでの演奏はエレキ・ギターによるイントロの印象的なリフがアレンジされているのだが、ディランの歌が始まると、ほぼベース音と響きを抑えたドラムのみとなる。この曲の歌詞に内在する音楽を楽器の音響によって邪魔することは、いかなる演奏スタイルであれ許されないことの証だろう。

十六　「ライク・ア・ローリング・ストーン」の衝撃

「風に吹かれて」一曲のみでもボブ・ディランの名はポピュラー音楽の歴史に刻み込まれて不滅のものとなっただろうが、それから二年後に発表された「ライク・ア・ローリング・

ストーン」はポピュラー音楽の歴史に巨大な展開点を示したという点で重要な意味を持つ。デビュー以来のディランのここまでの歩みは（その三年間は性急な休みのない疾走とでもいうべきものだったが）つまるところ「ライク・ア・ローリング・ストーン」にたどり着くためのものであったと言ってもよい。

「ライク・ア・ローリング・ストーン」を含むディランの六枚目のアルバム『追憶のハイウェイ61』は、今日までスタジオ録音のみでも四十枚近い数となるディランのアルバムの中でも、多くの批評家によって最高傑作と位置付けられている。アルバムに先駆けてリリースされたシングルの「ライク・ア・ローリング・ストーン」はキャッシュ・ボックスのチャートで一位、ビルボードでは二位を記録し、これはビルボードで二〇二〇年に「最も卑劣《ひれつ》な殺人」が一位に輝くまではディランの最大のヒット・シングルだった。

シングル・ヒットする曲には一種の大衆性あるいは通俗性が必要とされる場合が多く、ディランの作品には本来そのような性格が希薄なのだが、「ライク・ア・ローリング・ストーン」がビッグ・ヒットになったという事実は、この曲には例外的に大衆に訴える要素が多かったことがうかがえるのであり、それがサウンド的な面であったことは疑いない。「ライク・ア・ローリング・ストーン」のサビに当たる部分のメロディー・ラインの明快さはディランの楽曲の中でも随一で、そのためもあってか、この曲はディランの作品が通常持っている音楽よりも言葉を聴かせようという性格がもっとも薄められた作品だ。言い換えれば、これはディランがもっとも「歌って」しまった作品であり、それゆえに最大のヒットになったということが、本質的には詩人であるボブ・ディランというアーティストにとっては皮肉な結果でもあった。

例えば、ビートルズの曲はインストルメンタルとして演奏されることも多く、それはメロディーのみをとってもビートルズの作品がいかに音楽的な魅力を重視して作られているかの証明となっているのだが、対照的にディランの曲をインストルメンタルにすることはまず考えられない。そもそも言葉がなくなる時点でディランの作品の意味が消失すると言っても過言ではない。しかしながら「ライク・ア・ローリング・ストーン」のみはおそらく例外だ。ディランの作品がインストルメンタルとしてカバーされた例は、調べた限りにおいて見つからなかったのだが、「ライク・ア・ローリング・ストーン」はメロディーのみでも十分に演奏効果が発揮できるだろう。言葉の表現を何よりも優先するために、音楽的な要素を最小限に抑えるのがディラン本来のスタイルであり、そのためにメロディー・ラインもわざと平面的な構成をとって、いわゆるAメロ、Bメロに続くサビの部分も明確には設定しないことが多いのだが、「ライク・ア・ローリング・ストーン」には非常に印象的なサビが存在する。

フォーク・ロックはフォークとロックを融合したスタイルと説明されるが、正確に言えばフォークの歌詞にロックの演奏を付けたものであり、その意味ではエレキ・ギターの官能的なソロやドラムの刺激的なビートに繊細な歌詞が埋もれてしまう危険性を常にはらんでいる。

『追憶のハイウェイ61』は夭折のギタリスト、マイク・ブルームフィールドの濃厚なブルース・テイストによるリード・ギターがほぼ全編にフューチャーされ、陰影に富む奥行きの深いロック・サウンドが鳴り響き、前作においては手探りの状態であったフォーク・ロックのスタイルがここでは自信をもって確立されている。そうしてフォークの場合には叙事詩のモノローグ的な展開で内面に訴えかける性格の強かった歌詞が、ロックにおいてはエネルギーの外部への発散を誘発するエレクトリック・サウンドに合わせてシャウトするための歌詞へと変貌している。「ライク・ア・ローリング・ストーン」の歌詞はディランの辛辣なフォーク的メッセージ性をたしかに残しているが、サビの部分ではストレートに攻撃的なロックの語法が用いられている。「友よ　答えは風に吹かれている」(「風に吹かれて」)と、暗いまなざしを虚空に向けながらも聴き手に「友」と呼び掛けていたかつての歌詞は、ここではすべての聴き手を敵として、報復し粉砕せんとする残忍な武器の性格を帯びている。

「僕が常に感じていたある時期に向けた正直な憎しみだ。最終的には憎しみではなくなっていた。〝報復〟、そう言ったほうが当たっている」……報復。この時点からの彼の曲のほとんどは、報復を歌ったものになった。ディランは彼を傷つけた人たち、または、真実をわかっていないがために自分たちを破滅させ、彼のことも破滅させようとしていたと信じていた人たちを、怒りながら酷評していた。(『ボブ・ディラン全年代インタヴュー集』)

「報復」は憎しみや怒りから生じるものだが、「報復」する際には一種の勝利感に伴う歓喜の感覚がある。あるいは憎しみや怒りのカタルシスとして機能し幸福感をもたらす。フォークの時代のディランが憎しみや怒りに深くとらわれていたとすれば、ロックがそれを報復に転じたのであり、デビュー以来の硬い殻に閉じこもったような重苦しいしわがれ声は、エレクトリック・サウンドの熱気によって孵化され、激しい羽ばたきとともに飛翔しているかのごとくである。「ライク・ア・ローリング・ストーン」のディランの歌声には、たしかに憎しみや怒りから生まれた報復を実行する自由の喜びが満ちている。

昔あんたはいい服を着ていた／若いころには乞食《こじき》に銭を投げつけていた／「気をつけないと落ちるぜ」と言われても／みんな　からかってるだけだと思っていた
（「ライク・ア・ローリング・ストーン」）

「ライク・ア・ローリング・ストーン」の詞はディランの作品としては不思議なくらいわかりやすい言葉で書かれている。ごく平坦な叙述で始まる歌詞では、一人の女性が以前は羽《は》振《ぶ》りがよかったのが今は貧民に転落したことが物語られ、その後、昔と今との対比が三番まで続くのだが、ディランの歌詞の特性である象徴的あるいは神秘的な語法はまったくと言ってよいほど用いられていない。また「イッツ・オール・ライト・マ」に見られるような、言語表現としての前衛的実験性や形而上的なロジックの幻惑性も影を潜めている。

何よりも「ライク・ア・ローリング・ストーン」を聴いて感じるのは、ディランの作品としては言葉が「空《す》いている」ということだ。「ライク・ア・ローリング・ストーン」は六分近い長さの曲だが、歌詞の語数を数えると四一〇語である。『追憶のハイウェイ61』で「ライク・ア・ローリング・ストーン」の次に収められている「トゥームストーン・ブルース」は同じく六分ほどの長さながら、歌詞には五七三語用いられている。五曲目の「やせっぽちのバラッド」もほぼ六分だが、タイトルにも示されているようにバラッド調のスローテンポの曲であり、その分、語数は少なくなるのが自然だと思われるが、それでも四三九語と「ライク・ア・ローリング・ストーン」より多い。

「ライク・ア・ローリング・ストーン」のつくられた経緯については処々に記されていて、ディランは初めノートに二十頁ほどにもなる物語のような長い歌詞を書き、それを縮めていったのだそうだ。「凝縮して作った歌だ」と彼自身が言っている。ディランは後に実際は六頁くらいだったとも言っているし、十頁という記述も散見する。どれが正しいのか真偽のほどはわからないが、推敲《すいこう》の過程で物語的な叙述はすべて剝ぎ取られ単純な骨格のみが残されたらしく、ディランの歌詞としてはシンプルで明快であり、言葉に関する限り量的に多くも長くもない。

この六分近い演奏時間を持つ曲は、シングル盤の長さとして三分間が標準であった時代にディラン自身がシングルとして発売することを熱望したにもかかわらず、レコード会社（コロンビア）の「長すぎる」という拒絶にあって棚上げにされていたのだが、しまい込まれていたテスト・プレスがコロンビアのオフィスの掃除の際に流出して評判となり発売されるに至った。当時ポール・マッカートニーは初めてこの曲を聴いて「永遠に続く感じがした」と言っているが、「永遠に続く」というのはシングルとしての異常な長さのみを指しているのではないと思う。本来はノート二十頁分もあったような、およそ続けることができるのならばどこまでも続けることのできるような物語の展開と、連発銃のようにさく裂する言葉と、重層する韻律の魔術、否、それ以上にディランのものとしてはそれほど際立って長い曲でもなく言葉の多い歌詞でもないこの作品がポールに「永遠」を感じさせたのは、曲の「余韻」だったのではなかろうか。とりわけサビとして四度繰り返されるリフレインの部分の余韻は、たしかにすべての聴衆に永遠に消えることのない感動を与えたに違いない。

十七　転がる石

どんな気がする？／ひとりきりで／帰る道もないことは／誰にも知られず／転がる石のようなことは

（「ライク・ア・ローリング・ストーン」）

報復が苦しみを与えられた相手に自分と同じ苦しみを味わわせることであるとすれば、この歌の作者は、自身が「ひとりきりで、帰る道もなく、誰にも知られず、転がる石のようで」あるということになる。けれども、このリフレインでディランの歌声が発している高揚感は、かつて羽振りがよく富裕であった女性が今は路上生活者となって落ちぶれたことを嘲笑し、勝ち誇っているからではない。孤独な宿無しとしての身の上は、自身でも憐れむべきものではあれ誇るべきものではないが、人間として底辺に位置する意識の重要性は、それによって人間存在の原点を感得し、社会の虚偽、虚飾や悪徳を暴露するために必要不可欠なものとしてディランがデビュー以来、すべての作品において訴え続けてきたものなのだ。その底辺の意識こそが、ディランのすべてであると言ってもよい。

ディランを崇拝して、その作詞法や歌唱法を含めた演奏スタイルからファッションまで模倣しようとしたジョン・レノンでさえどうしても真似できなかったのが、この底辺の意識による社会性の獲得だった。ジョンは幼時に両親に捨てられた孤独の意識を普遍化することで孤独の苦悩から生まれる無類の抒情性を獲得したのだが、彼の孤独が、それゆえに情緒的で心情的なものであったのに対し、社会派フォークの元祖であるウディ・ガスリーを師と仰いだディランの孤独は社会的なものであって、その作品の中核をなすのは辛辣な批判精神だった。両親に捨てられたジョン・レノンが愛情に飢え、ひたすらに純粋な愛と、それによる魂の救済を求めたとすれば、ボブ・ディランは社会の虚偽を敵とみなし、社会によって歪められる人間性の回復のために、もっと孤独になるべきだと訴え続けてきた。

リフレインの中の「ひとりきりで」は、通常「ひとりきりの孤独」の意味として訳されるが、「自力で、独力で」の意味もあり、肯定的に捉えることの可能な表現でもある。また「帰る道もない」は、二〇〇五年にマーチン・スコセッシが監督したディランの長編ドキュメンタリー・フィルム『ノー・ディレクション・ホーム（帰る道もない、の意）』のタイトルにも据えられていてディラン自身の境涯《きょうがい》を象徴する言葉だが、家に帰る道がないということは帰る家がないと同時に同じ場所に安住せず、無論、後退もせず常に未知の領域へ踏み込んでゆくことを意味している。そうして「誰にも知られず」は誰にも知られぬ名もなき人を指しているが、その裏で、有名人であっても素顔が明かされておらず、多くが謎に秘められた存在であり得ることの含みもある。ディランがマスコミ嫌いで経歴も詐称を繰り返し、インタヴューでも本音を言わずにはぐらかすのが多いことを思い起こそうではないか。

最終行「転がる石」は、古典的にはラテン語の諺で「転石苔《てんせきこけ》むさず」と「転がる石は成功しない」の両義を持つが、ディランより先に歌詞の中で「ローリング・ストーン」を用いてザ・ローリング・ストーンズに、そのバンド名のヒントを与えたのはマディ・ウォーターズだった。

母さんが父さんに言った／おれが生まれそうな時に／「男の子が生まれる／その子、転がる石みたいになる」／その通り　転がる石だ

（マディ・ウォーターズ「ローリング・ストーン」）

ちなみに、この曲の歌詞の四番目の初行はこうだ。

そう　そんな気がする　そんな気がする

（マディ・ウォーターズ「ローリング・ストーン」）

ここに「ライク・ア・ローリング・ストーン」の「どんな気がする」の前兆を感じ取ってはいけないだろうか。

マディ・ウォーターズの「ローリング・ストーン」は一九五〇年に録音されているが、前年の一九四九年にハンク・ウィリアムズが発表した「失われたハイウェイ」にも歌詞の冒頭に「ローリング・ストーン」という言葉が使われていて、ディランの最初のドキュメンタリー・フィルム『ドント・ルック・バック』にディランがプライベートでこの曲を歌うシーンが見られることから、ポール・ウィリアムズはこれがディランの「ライク・ア・ローリング・ストーン」誕生の契機であったかもしれないと推測している。

おれは孤独な転がる石で／罪な人生の代償を払った／言うこと聞かないと後悔するぜ／あんたは失われたハイウェイを歩き始めてる

（ハンク・ウィリアムズ「失われたハイウェイ」）

ディランはロンドンのサヴォイ・ホテルの一室で、ツアーに同行したジョーン・バエズと一緒に歌詞がおぼつかない感じで原曲の一番目の歌詞の前半二行に四番目の歌詞の後半二行をくっつけて歌っている。マディ・ウォーターズとハンク・ウィリアムズ――ブルースとカントリー・ミュージックの各々のジャンルにおける伝説的な二人のシンガーに祝福された「ローリング・ストーン」という言葉が、ひそかにディランの内部で受胎しロックの歌詞として新たな生命を得たと言えはしまいか。

孤独であることは周囲に同化せず自立していることであり、帰る場所がないのは未知の領域を求めてひたすら前進することであり、誰にも知られぬことは素顔をさらすのを拒否することであり、転がる石のようなことは社会の底辺で人間の真実を見失わずに転変を繰り返しながら生きてゆくことである。すなわち、このリフレインに記されているのは落ちぶれた路上生活者の境遇がディラン自身の姿と表裏一体となった事実であり、「どんな気がする？」という呼びかけには、社会の底辺という自分と同じ基盤に降り立った相手に対するディランからの祝福と歓迎の気持ちも込められている。それが憎しみや怒りとは異なる「報復」の意味するところであって、「ライク・ア・ローリング・ストーン」の歌声に独特の高揚感と期待にあふれた興奮が感じられる理由だ。

この「報復」を表現するために大音量と荒々しさに満ちたエレクトリックのサウンドがディランには必要だったのであり、それが結果としてたまたまフォーク・ロックという名称を得ただけで、ディラン自身が二つのジャンルを融合して新しいサウンドを作ろうなどと意図したわけでなかったことは、彼の次のような発言を見てもわかる。

「今私はロック・ミュージックをやっているのではない。ハードなサウンドではない。呼びたければフォーク・ロックと呼ぶがいい。そういう軽率な名前をつければいい。レコードを売るには都合がいい。しかし、私の新しい音楽が何なのか、私にはよくわからない。それを自分ではフォーク・ロックとは呼べない。すべてのものを巻き込んだもっと大きなものなんだ」

（湯浅学『ボブ・ディラン』）

ディラン自身にも「もっと大きなもの」としか表現できない「ライク・ア・ローリング・ストーン」のスタイルは、何よりも彼がそれまでのスタイルから脱皮し飛翔するために待ち望んでいたものだった。

「演奏したくない歌をたくさん演奏していた。ほんとうは歌いたくない言葉を歌っていた。だが〈ライク・ア・ローリング・ストーン〉がすべてを変えた。〈ライク・ア・ローリング・ストーン〉は、ぼくが好きになれるものだった」

（ポール・ウィリアムズ『ボブ・ディラン』）

それまでの憎しみや怒りをテーマとした侮蔑《ぶべつ》的な口調の歌がディラン自身にとっても納得のゆくものではなくなった時に、報復をテーマとした「ライク・ア・ローリング・ストーン」は彼自身が本当に「好きに」なれるものだったのであり、その歓びが「どんな気がする？」からは感じ取れる。それは「いい気味だ」とか「ざまを見ろ」といった嘲笑ではなく、自分と同じく転がる石のようになった気分が「楽しいだろう」「素晴らしいだろう」という同意を求める問いかけだからだ。

十八　ブーイングの称賛

「ライク・ア・ローリング・ストーン」が当時のアーティストたちに与えた衝撃は計り知れなかった。ポール・マッカートニーについては既に述べたが、他にも例えば作詞作曲の名コンビとして多くのトップ・ヒットを生み出していたキャロル・キングとジェリー・ゴフィンは、この曲の素晴らしさに絶望的な気持ちにさせられ、手元にあった作りかけの曲を破棄した。フランク・ザッパはもう自分のなすべきことはなくなったと観念し、これ以上音楽に関わることは止めようと思った。プロの音楽家は——わけても時流や趨勢《すうせい》に敏感に反応する柔軟な感性を持った優れたアーティストは——「ライク・ア・ローリング・ストーン」から一様に影響を受けた。

しかしながら一般の聴衆に目を向けると、「ライク・ア・ローリング・ストーン」は発売当初は必ずしも皆から喝采を受けたわけではなかった。とりわけ、それまでディランを支持してきたフォーク・ミュージックの信者たちは、フォークへの信仰が熱烈であればあるほどディランのロックへの転向を非難した。

「ライク・ア・ローリング・ストーン」がライブで初めて披露されたのは、シングルが発売された一九六五年七月二十日の五日後にあたる二十五日のニューポート・フォーク・フェスティバルにおいてである。ディランは当初、このステージでロック・バンドを従えた演奏をする予定はなかった。ところが前日のフェスティバルでブルースを紹介するコーナーにポール・バターフィールド・ブルース・バンドが出演した際、司会者が「白人のブルース・バンドで本物ではない」という趣旨の紹介をおこない、あとで司会者とバンドのマネージャーが大喧嘩をするハプニングがあった。ポール・バターフィールド・ブルース・バンドのリード・ギターはマイク・ブルームフィールドであり、彼こそオルガンのアル・クーパーとともにディランに見初められて「ライク・ア・ローリング・ストーン」にロックの魂を吹き込むことに功績のあった当人だ。ディランはこのハプニングを目にして、翌日の自分の演奏のためにバックを急遽ロック・バンドの編成に変え、一夜限りのリハーサルをおこなって本番に臨んだ。この時に演奏されたのは「マギーズ・ファーム」「ライク・ア・ローリング・ストーン」「悲しみは果てしなく」の三曲だけだった。その場に居合わせたミュージシャンを寄せ集めたバンドでありリハーサルの時間が足りず、三曲しか練習できなかったのだ。ステージの関係者もディランがエレクトリックで演奏することは寝耳に水だった。音のバランス調整を担当していたのはピーター・ポール＆マリーのピーター・ヤローだが、爆音のようなエレキ・ギターやオルガンの音にディランの声がかき消されることをどうしても防ぐことができなかった。つまり、本来のディランにとってもっとも重要なものである歌詞を聞き取ることができないような状態だったのだが、この時ばかりはディランもそれは承知の上だった。

この行為自体がフォーク信者に対する報復となることを彼は十分に意識していたはずだ。「ライク・ア・ローリング・ストーン」の冒頭の詞を「昔、あんたは小綺麗な歌を歌っていた／若い頃には偉そうなメッセージを投げかけていた」としてもよかったかもしれない。その意味では「ライク・ア・ローリング・ストーン」の最初のお披露目の場所として、まったく似つかわしくないようにも見えるフォーク・フェスティバルのステージは、この「報復」を主題とする曲にとってはもっともふさわしい舞台だった。ニューポート・フォーク・フェスティバルはまた、ディランがデビュー以来、幾度もの出演でみずからの成功を支えてもらった場であり、彼はそこに「報復」という名の感謝を捧げたとも言える。

ディランの思いは叶えられただろうか。聴衆の三分の一くらいがブーイングをしていたという証言もあるが、今日残されている録画を見ると半分以上がブーイングであるようにも聞こえる。ボブ・ディランというシンガーは無表情で歌い続けるのが常なので、映像のほうを見てもいつもの通り黒いサングラスの奥に隠された心中を察することはできない。ブーイングを称賛ととっているか、ブーイングに対しさらに報復を強めようとしているか……つまるところ、それはどちらでも同じことになるのだが。

ニューポートでの騒動と混乱の後、八月四日までの十日間余で『追憶のハイウェイ61』を録音し終えたディランは、ロック・バンドを従えてツアーに出ようと計画した。けれどもマネージャーのアルバート・グロスマンはブーイングの嵐を危惧して、コンサートの前半をアコースティックのフォーク・スタイル、後半をエレクトリックのロック・スタイルという二部構成でおこなうことを提案し、ディランもこの時は承諾せざるを得なかった。後にザ・バンドと名を変えてロック史にその名を残すことになるグループ、ザ・ホークスをバックにしたツアーは九月二十四日から全米を周り、一年がかりで世界の大都市を周ることになって、これはディランのツアーの中でももっとも重要な意味を持つのみならず、ポピュラー・ミュージックの歴史にも深く刻み込まれるものとなった。

予想した通り、バンドが登場する後半のステージではブーイングを浴びせられるのが常だった。ザ・ホークスのリード・ギタリストであったロビー・ロバートソンは、ディランに「数学的」と賛辞を込めて形容された冷静な頭脳と性格の持ち主であり、コンサートの録音テープをプレイ・バックして、自分たちの演奏に落ち度はなく、ブーイングが演奏の出来具合によるものではないことを確認して自信を保ち続けた。

一方でドラムスのリヴォン・ヘルムはバンドのリーダーを務めていた立場もあってか、ブーイングには耐えられずに二か月でツアーを抜け、音楽に携わる気力を失って石油採掘の作業員となった。けれどもツアーの終了後はバンドに復帰して再びディランとも活動を共にしたのだから、彼にとってこの時のブーイングがいかに過酷なものであったかが想像できよう。

ディラン自身の反応はといえば、リヴォン・ヘルムが語っているところによれば「客はチケットを買っているんだから、ブーイングをしてもいい。気に入らなければ、声に出して意見を言えばいい」だった。これは、チケットを買っているのだから好きな反応をしてもらって構わない、と寛容な意味にもとれるが、ディラン流に考えれば、チケットを買ってもらっているからといってこちらが相手の気に入るようなことをする必要はない——ということになろう。ヘルムはそこまでの覚悟を持つことはできなかった。

この時のワールド・ツアーの中でもっとも有名なのはイギリス公演である。その際の録音が『ロイヤル・アルバート・ホール』というロンドンきっての由緒ある会場の名を冠して海賊版として出回り、後にその名のままで公式に発売されることになったのだが、収録されているのは、本当はワールド・ツアーの最終日となる実際のロイヤル・アルバート・ホールでのコンサートの十日ほど前にマンチェスターのフリー・トレード・ホールでなされた演奏だ。

この録音の中で聴かれる客席とのやり取りは、ディランのロック転向に関する象徴的な出来事として広く世に知られている。「やせっぽちのバラッド」を歌い終わって一瞬ステージが静まった隙に、聴衆の一人が「ユダ（裏切者）！」と叫び、拍手と歓声が巻き起こると、さらに「お前の歌なんか二度と聴くもんか」と罵声《ばせい》が響く。ディランは「おまえなんか信じられない」と切り返し、「ライク・ア・ローリング・ストーン」のイントロをかき鳴らしながら「嘘つき野郎！」と蔑《さげす》むように言うと、バンドのほうを振り向いて「でかい音でやろうぜ」と声をかけ歌い始めている。ドキュメンタリー・フィルム『ノー・ディレクション・ホーム』のエンディングにも用いられているこの時の映像では、ディランは歌い始める直前、客席に向かって右手を上げながら、珍しく笑みを浮かべているように見える。それはあたかも報復というこの曲のテーマにとって願ってもない――ほとんど完璧な――お膳立てを思いもかけず客が整えてくれたことが嬉しくてたまらないかのようだ。

ディランの「おまえなんか信じられない」――アイ・ドント・ビリーブ・ユー――は『アナザー・サイド』に収められていた曲のタイトルそのままである。この曲には「彼女は会ったこともないようなふりをする」とサブ・タイトルが付けられており、当時ディランの恋人だったスーズ・ロトロかあるいはジョーン・バエズに向けて書かれたものと想像されるが、いずれにしても信じていた相手に冷淡にされた男の姿を軽妙なリズムに乗せて諧謔的に歌っている。実際、ディランはこの曲を『ロイヤル・アルバート・ホール』の同じステージで既に歌っていて、熱烈なフォークのファンとおぼしき聴衆のヤジに対し、自分と聴衆の関係を冷えた男女の間になぞらえて歌ったばかりの曲のタイトルで応酬するという当意即妙のパフォーマンスを披露したのだ。

『ロイヤル・アルバート・ホール』のステージは、前半はこのツアーの型通りギターとハーモニカのみのアコースティックな演奏であり、そのシンプルな音色とディランのハスキーだが不思議な透明感のある歌声に聴衆もほとんど息をひそめて聴き入っているようで、曲ごとの拍手も非常に素直な雰囲気で盛大に送られている。それが後半のバンド・スタイルでは曲の間の様子が前半とは打って変わり、拍手と歓声、野次、罵声、ブーイングが入り混じり、時には曲の開始を妨害するような手拍子で騒然となることもあって、前半と同じ客とは信じ難いくらいだ。

けれども既にビートルズというロック・ミュージックの最大の変革者を生み出し、いかなる時もジョークのゆとりとユーモアを忘れない国民性を持つこの国では、ブーイングも楽しみながらわざとやっているようなふしがある。『ロイヤル・アルバート・ホール』でディランが「おまえなんか信じられない」と言っているのは「おまえ、あてにならない野郎だな」

であり、「嘘つき野郎！」は「おまえ　嘘つき野郎だよな」のようなニュアンスの受け答えで、ディラン自身も聴衆の罵声を愛嬌の一種ととって苦笑いを見せていると感じられなくもない。

とにもかくにも全米ツアーから数えて八か月が経ち、ブーイングを称賛とみなしてそれをエネルギーに転じ、逆に聴衆への攻撃をしかけることにとうに慣れていたであろうディランの『ロイヤル・アルバート・ホール』における「ライク・ア・ローリング・ストーン」は、紛れもなく彼の報復のエネルギーが最高潮に達した瞬間であり、数多いこの曲のライブ演奏のみならず彼のすべてのライブ中の白眉だ。

ここでの「ライク・ア・ローリング・ストーン」はスタジオ録音よりも遅いテンポに設定され、スピード感よりも重量感が強調されている。ディランの声は叫びというよりも、地の底から響いてくる苦悩の嗚咽《おえつ》のようで、とりわけリフレインでの脚韻《きゃくいん》を極端に引き延ばした歌い方は、時に恍惚《こうこつ》としたマントラのようでもあり、愛憎相半ばする相手に恨みの呪術をかけようとしているかのようにも聞こえる。

ディランの歌詞について論じようとしても、「ライク・ア・ローリング・ストーン」の場合にはどうしてもサウンドの問題がメインとなり、演奏論になってしまうことを避けられない。その点にこそ、この曲がディランの最大のヒットとなった理由がある。ライブでは激しいブーイングを受けながらも「ライク・ア・ローリング・ストーン」は、先述のとおりシングルのチャートでアメリカでは二位、イギリスでは四位となり、これは二〇二〇年までは各々の国におけるディランのヒットの最高位だった。つまり「ライク・ア・ローリング・ストーン」において、ディランは彼の作品の中でもっとも「音楽」を聴かせたのであり、それはディランの演奏スタイルにおいて楽器が本格的にエレクトリック化するこの時に一度きり許された機会だった。フォークのスタイルであれば必然的にヴォーカルがメインとなり歌詞が浮き彫りにされる。けれどもロックにおいてサウンドの比重が高くなれば、バランス的に歌詞の比重は低くなる。複雑な韻律を内蔵した饒舌で散文詩的な叙述がディラン本来のスタイルであるとすれば、「ライク・ア・ローリング・ストーン」では歌詞が極限まで凝縮され簡素化されて、わかりやすく——ということに抵抗があれば、少なくとも親しみやすく——なっているのは事実だ。ロックのスタイルを確立して以後、ディランはエレクトリックのサウンドをバックにしても歌詞の比重をフォーク的に高い状態に復活させるが、「ライク・ア・ローリング・ストーン」のような衝撃が再び起こることはなかった。それは社会的孤独を反抗と攻撃と報復の言語によって無類の芸術性に高めた一人のアーティストが、ヒット・シングルのための大衆性と商業性を獲得した奇跡のような瞬間であり、あたかも芸術性と大衆性のそれぞれの鋭い稜線が一点で交わるような山頂に、片足のつま先立ちでバランスをとり得た一瞬だった。

このディランのキャリアにおける最初のピークまでたどり着いたところで私は一旦ペンを置く。彼の詩の原理が些少なりとも明らかにできたことを願いつつ。

十九　エピローグ

新型コロナウイルスに世界中が攪乱《かくらん》されているさなかの二〇二〇年七月、ボブ・ディランの新作アルバムが発表された。二〇一六年のノーベル賞受賞以後、あたかも受賞に背を向けるかのようにアメリカン・クラシックのカバー・アルバムやブートレグ、過去のライブ音源ばかりを発売し続けていたディランにとってスタジオ録音のオリジナルは八年ぶりであり、先行シングルの「最も卑劣な殺人」はディランの作品中最長の十七分近い曲でありながらビルボード・チャートで一位に輝いた。ポップ・ミュージックの「ポップ性」の尺度であるビルボード・チャートの特質を考えた場合、ディランの作品がチャートの首位を得ることは元来非常に困難だと思われ、事実、ディランのシングル盤が首位を飾ったことはこれまでなかったのだが、一九六二年、二十一歳でデビューして以来、音楽活動を五十八年続けて齢八十に達せんとするこの希代の反体制アーティストが、ここで初の第一位を獲得したことには驚愕と賛嘆の念を禁じ得ない。

新作アルバム『ラフ&ロウディ・ウェイズ』――荒々しく乱暴な生き方で――というタイトルは、一九三〇年代に活躍したカントリー音楽の父ジミー・ロジャースの同名の作品から取られているようだが、このフレーズからは八十歳を目前に控えてなお円熟や老成を拒絶し、おのれのたどり着いた位置に瞬時も留まることなく、「とがる」ことを止めず変転を続けようとするディランの挑戦的な姿勢が読み取れる。年月と経験を重ねれば人は誰しも角が取れて「まるく」なるのが通常で、それが人間としての成熟の証であり、また美徳ともみなされるのが世の常だが、ディランはそのような成熟は退化に過ぎないと嫌悪するかのように、転がり続けながら角を一層鋭くとがらせ荒々しく研《と》いでゆく。その過激で攻撃的な生きざまと、商業主義に真正面から抗戦するかのような一瞬たりとも同じスタイルに安住しない作品の様相は、半世紀以上前のデビュー盤以来変わることはない。

『ラフ&ロウディ・ウェイズ』はCD二枚組で、一枚目には九曲、二枚目には大作「最も卑劣な殺人」一曲のみが収められている。「最も卑劣な殺人」はアルバムに先行するシングルとして配信され、ケネディ元大統領のポートーレートをアルバムの裏ジャケットに使用していることからも明らかなように、ケネディ暗殺事件をメイン・テーマとしている。

シェイクスピアの「ハムレット」第一幕五場に、父親の亡霊がハムレットに、自分は「最も卑劣な殺人」で殺されたという台詞《せりふ》があり、その言葉をタイトルに据えたこの作品はハムレットの長い独白のように終始、淡々と語られる。対句のように二行ずつ脚韻を踏む計百六十五の詩行が、愁いを含む風の音に似たバイオリンやピアノ、また不吉な前兆として鳴り響く低い地鳴りのようなドラムやコントラバスに載せて誦《しょう》される。それは、あたかも現代によみがえった琵琶法師《びわほうし》の語りとも思われる。

この作品ではケネディの暗殺に象徴される一九六〇年代以降のアメリカの混沌とした社会

の様相が、ビートルズやビーチ・ボーイズを初めとするアーティストを中心とした百以上の人名、曲名、作品名を織り込みながら壮大な叙事詩として語られている。同じようにアメリカの社会の闇を綴った「イッツ・オールライト・マ」から五十五年経過して、ディランの言葉は二十代の頃のように息つぐ間もなく性急に繰り出されることはなくなったが、ゆっくりとした控えめな語り口から浮かび上がるのが、不条理の認識と、それによる一種の無常観であることにはまったく変わりがない。

歌詞の最後の七十行余は、伝説のDJウルフマン・ジャックへのリクエストとして、ジャズを中心とした著名なアーティストや楽曲の名が列挙され、アメリカのスタンダード曲のカバー・アルバム作成に執心していたディランの近年の境地を象徴してもいるのだが、一方でこれらのアーティストや曲名に喚起される光景が聴く者の脳裏には走馬灯のように映し出され、ディラン自身が生きてきた時代のみならず何世紀にもわたるアメリカの文化が俯瞰される。そのようにしてディランの綴っている言葉は、アメリカ文化の永遠の賛歌であり、同時に過ぎ去ったアメリカの歴史や社会へのレクイエムでもあるのだが、最終行にディランはそれらの意味をすべて反転させる驚くべき、だが、必然的な言葉を置く。

「ジョージア行進曲」と「ダンバートンのドラム」をかけてくれ／「闇、そしてしかるべく死は訪れる」をかけてくれ／偉大なるバド・パウウェルの「愛なくば別れて」をか

けてくれ／「血まみれの旗」をかけてくれ　「最も卑劣な殺人」をかけてくれ
（「最も卑劣な殺人」）

ここまでの百六十四行が、すべてこの曲「最も卑劣な殺人」自体の序章であり、また、この一大絵巻がメビウスの輪のように終わりなく回転し続けることをイメージさせる秀逸な仕掛けであるとともに、六十回近く繰り返されたＤＪへの「かけてくれ（play）」のリフレインが、最後に「最も卑劣な殺人をしろ（play）」の意味合いを帯びて、愚かな行為の繰り返しから逃れることのできない人間の運命を暗示している。既に記したように、ディランはかつてケネディ暗殺事件の直後に、あるパーティーで「暗殺犯人の気持ちがわかる」と発言し波紋を呼んだことがあった。その言葉の意図は、誰の心の奥底にも潜んでいる悪の可能性を指摘することだったが、彼の真意は誤解されたまま終わり、今再びディランはケネディ暗殺について五十六年前と変わらぬ言葉を綴っている。「最も卑劣な殺人」は卑劣な殺人を犯す人間の悪を告発しているのではない。歴史の中で繰り返し卑劣な殺人を犯さざるを得ない人間の運命と、その愚かな悲劇の真実を直視することを我々に教えているのだ。

おわりに

本の題名を決めるのに今回ほど悩んだことはない。これまでは一人の作家について一冊をまとめるという形で書いてきたので、テーマははっきりしていて題名もすぐに決められた。しかしながら本書はまったく性格が異なる。私は秋田へ転居して十八年ほど経つが、その間に書いた文章から選んでまとめたので、これは、それぞれに違う場面で違うテーマについて書いたものの集合体なのだ。

初めは題名を『主題のない変奏曲』とした。自分でこの題名を思いついた時には独創的だと思ったのだが、念のために調べてみたら、現代音楽では既にこの概念に基づく作品がいくつか作られていることがわかり驚いた。変奏曲は主題を変奏するという形式だから主題がなければ作り得ないと思うが、既成観念の打破を旨とする現代芸術では変奏のみで成立させることも可能と考えられるのだろう。それはともかく、私自身がこの題名を思いついた際には、一見バラバラの文章の寄せ集めのようでありながら、実際はそこに主題が隠れている——つまり先に主題があって変奏させるのではなく、さまざまな変奏の中から主題が浮かび上がってくる——そういうイメージを作りたいと思った。

ところが何人かに聞いてみると、私の意図は通じないことがわかった。まず、音楽に詳しくない人にとっては、変奏曲が主題の変奏だということ自体、わからないとのことだった。

次に『旅してゆく人びと』としてみた。これはカバーの画——線路の風景——からイメージしたもので、奈良美智からボブ・ディランに至るまで、アーティストが現実世界でも精神世界でも常に旅の途上にあることを象徴させるつもりだった。しかしこれも、まわりの人に聞くと漠然として内容が伝わらないと言われた（結局これを第一章の題名としたが）。

第二章の「ボブ・ディランの詩学」をそのまま題名にすることを提案してくれたのは出版社だった。なるほどそれでいいのだと思った。「ボブ・ディランの詩学」は、この本をコース料理にたとえれば分量的にメインディッシュにあたる。コース料理を紹介する際にメインディッシュで代表させるのは極めて自然だ。題名として、無理に全体のテーマを探し出そうと考えていた私は、著者の側から読者に何を示したいかを考えて躍起になっていたが、読者の側からすれば、その本でまず何を読めるかが大事なこととなる。題名を『ボブ・ディランの詩学』に決めて、あらためてカバーの画を見ると、この線路の風景はボブ・ディランの隠れた名盤と評される『スロー・トレイン・カミング』のジャケットの画とどこか重なるところがあるようで、その偶然を嬉しく感じた。

「はじめに」に記したように、私には話す言葉への不信と書く言葉への信仰がある。書く言葉よりも話す言葉が世にあふれるような今の時代でも、書き記された言葉だけが真実であるという思いは私の中で変わらない。しかしながら現代では、書く言葉を広く伝えるための最善の方法が話すことだという逆説の成り立つ可能性もあって、それを体現しているのがボブ・ディランだ（正確には彼は話すのではなく歌うのだが）。

カバー表紙、裏表紙の絵画を提供していただいた提嶋真央《さげしままお》さんに心から感謝申し上げる。彼女の作品に心底感銘を受け、自分の本に使わせてもらいたいという思いがなければ、この本をまとめることはできなかった。

舷燈社社主の柏田崇史さんには長年にわたってお世話になったが、お亡くなりになった後、ご令嬢の柏田花さんが白船社としてお仕事を引き継がれた。出版を快く引き受けていただけたことには、お礼の申し上げようもない。

二〇二四年九月

大八木敦彦

【ボブ・ディランの詩学・引用文献一覧】

『ゲーテ全集』第十三巻　ゲーテ、小岸昭他・訳（潮出版社　一九八〇年）
『小説と詩の文体』J・M・マリ、両角克夫・訳（ダヴィッド社　一九五七年）
『新訂小林秀雄全集』第八巻　小林秀雄（新潮社　一九七八年）
『新興童謡と児童自由詩』北原白秋（岩波書店　一九三二年）
『ボブ・ディランは何を歌ってきたのか』萩原健太（Pヴァイン　二〇一四年）
『ボブ・ディラン　ロックの精霊』湯浅学（岩波書店　二〇一三年）
『ダウン・ザ・ハイウェイ／ボブ・ディランの生涯』ハワード・スーンズ、菅野ヘッケル・訳（河出書房新社二〇一六年）
『ボブ・ディラン自伝』ボブ・ディラン、菅野ヘッケル・訳（SBクリエイティブ　二〇〇五年）
『歌が時代を変えた10年／ボブ・ディランの60年代』アンディ・ギル、五十嵐正・訳（シンコー・ミュージック　二〇〇一年）
『ボブ・ディラン全年代インタヴュー集』前むつみ他・訳（インフォレスト株式会社　二〇一〇年）
『ボブ・ディラン　瞬間の轍1』ポール・ウィリアムズ、菅野ヘッケル・訳（音楽之友社　一九九二年）

＊なお、本文中の歌詞はすべて拙訳である。

【初出一覧】

12頁　奈良美智という体験　『ＢＥＡＫ』第2号（二〇一五年）
26頁　真空の祈り　『ＢＥＡＫ』第5号（二〇一八年）
36頁　真空の祈りⅡ―あるいは不在の証明　『ＢＥＡＫ』第8号（二〇二一年）
48頁　未完成への憧れ　「秋田魁新報」文化欄（二〇一三年十二月十三日付）
52頁　最後の文人　『ＢＥＡＫ』第4号（二〇一七年）
74頁　無欲の人　「秋田魁新報」文化欄（二〇一七年十二月六日付）
78頁　音楽のある人生の喜び　「秋田魁新報」文化欄（二〇〇九年七月十四日付）
82頁　音楽と共にあった人生　「秋田魁新報」文化欄（二〇一三年三月二十九日付）
86頁　天上に響く歌声　「秋田魁新報」文化欄（二〇一二年十二月十四日付）
92頁　ピアノは友だち―子どもに対する指導についての雑感　「ムジカーレあきた」79号（二〇一六年）
96頁　オンライン授業の未来　「秋田魁新報」対話会話欄（二〇二〇年六月四日付）
104頁　現代詩の未来　『秋田公立美術工芸短期大学研究紀要』第10号（二〇〇五年）
122頁　現代詩の未来Ⅱ―朗読について　『秋田公立美術工芸短期大学研究紀要』第11号（二〇〇六年）
138頁　『動物の謝肉祭』―言葉と音楽の協奏曲　『ＢＥＡＫ』第9号（二〇二二年）
159頁　ボブ・ディランの詩学（旧題　ボブ・ディランの詩と詞）
『秋田公立美術大学研究紀要』第5号～第9号（二〇一八年～二〇二二年）

＊本書の掲載に際して書き改めたため、発表時の文章とは異なる場合がある。

装画　提嶋真央
ブックデザイン　大久保裕文・村上知子（Better Days）

大八木敦彦　おおやぎ・あつひこ

一九六〇年、福島県に生まれる。
早稲田大学第一文学部卒業、同大学院博士課程修了。
詩人、秋田公立美術大学教授。

詩集

『雪原』（書肆山田　一九九〇年）
『遠い海』（書肆山田　一九九五年）
『La lumière』（写真・むらいこうじ）（キーストン通信社　二〇〇二年）
『無音歌』（書肆山田　二〇〇五年）

翻訳

『マンスフィールド詩集』（書肆山田　一九九三年）
『窓から見た夢』（舷燈社　二〇〇〇年）
『シェイクスピアのソネット』（舷燈社　二〇一三年）

評論

『病床の賢治』（舷燈社　二〇〇九年）
『記憶の中の未来』（舷燈社　二〇一六年）

ボブ・ディランの詩学

二〇二五年一月一七日　初版発行

著　者　大八木敦彦
発行者　柏田　花
発行所　有限会社白船社
〒一七一－〇〇四四
東京都豊島区千早一－二〇－一三
TEL　〇三－三九五九－六九九四
FAX　〇三－三九五九－七八一八

印刷・製本　シナノ書籍印刷株式会社

Printed in Japan ISBN978-4-87782-150-0 C0092